にわか令嬢は王太子殿下の雇われ婚約者７

香　月　航

W A T A R U　K A D U K I

一迅社文庫アイリス

CONTENTS

Character

レナルド

公爵家の長子。王太子の補佐官を務めている美青年。

ソニア

マクファーレン王国の王女。このたび、立太子することになった。

グレアム

リネットの実兄。美少女顔であるためか、女装が非常に似合う。

カティア

王妃の女官。傍付きのいないリネットを支えてくれる頼れる女性。

Words

ロッドフォード王国

魔素が極めて少ない山岳地帯の国。魔術師になれない者たちによって建国されたため、剣術を修めている者が多い。

マクファーレン王国

ロッドフォード王国の隣国。海に面した国で、大きな港を抱えている。

アイザック
ロッドフォード王国の王太子。
剣術に優れ、『騎士王の再来』
と高く評価されている。
魔術の才能にも恵まれており、
そのせいで無意識に女性を
近づけないようにしていた過
去がある。現在は、魔力の制
御も習得している。
リネット
辺境の貧乏伯爵家の娘。
王城の掃除女中をしていたのに、いつのま
にか王太子の婚約者役をすることになり、
ついには王太子妃になってしまった少女。
家事や掃除や狩りは得意だが、淑女らしい
仕草は大の苦手。目がとても良い。

イラストレーション◆ねぎしきょうこ

にわか令嬢は王太子殿下の雇われ婚約者7

Niwaka Rady is employed as the Prince's fiance. 7th.

1章　お招きは突然に

剣の王国ロッドフォードを長く包んでいた雪の季節が、ようやく終わりを迎えようとしている。

一年を通して気温の低い山岳の土地であるここは、冬は命にかかわるほどの厳しい寒さが続き、積雪量も非常に多い。

そのため、国民の多くは外出を控えて、雪解けをじっと待つのが恒例だ。たとえ、王太子が結婚したばかりだとしても、それは変わらない。

全国民が待ち望んだ成婚なので、もちろん祝いたいし、あわよくば縁を繋ぎたいなんて考える者も多いが、残念ながら自然の脅威には敵わないのが現実だ。

（……私に都合よく考えるなら、この寒い季節は王太子妃としての訓練と、覚悟を決めるための期間だったのよね）

ようやく暮らし慣れてきた王太子妃の私室の窓辺に立ったリネットは、日に日に雪が減っていく王城の景色を眺めて、小さく息を吐いた。

――雪が解けきったら、本格的な社交が始まる。

本来なら、結婚後すぐに動ける季節に挙式をするものだが、あいにくとリネットは〝普通の令嬢〟ではなかったため、周囲の皆が気を利かせて秋の結婚式を許してくれたのだ。

長く険しい冬の季節を、リネットの勉強期間として使えるように。

（立ち姿は、なんとか様になってきたと思うんだけど）

背筋を伸ばして顎を引くと、落ち着いた藍色のドレスがふわりと揺れる。

今日の支度は大人っぽく仕上げてくれたらしく、リネットの地味な茶髪はきれいに編み込まれて、結い上げられている。

ちらりと覗くうなじが色っぽい……ことは残念ながらないが、以前のリネットと比べたら別人だろう。

何せリネットは、性別を確認されるぐらいに淑やかさの欠けた、お掃除女中だったのだから。

正確には行儀見習いから左遷されたのだが、そうされても仕方ないほど生家アディンセル伯爵家は貧乏であり、リネット自身も勤労に慣れていた。

こうして王太子妃という立場を得た今でさえも、気を抜くと日の出とともに目覚めてしまうし、掃除道具を見るとつい体がうずいてしまう。

当然、実行に移すことはないが、身に染みた習慣はなかなか抜けないものだ。

（いつまでもにわか気分じゃダメね。しっかりしなくちゃ）

かつて、期間限定の『婚約者役』として雇われていた時とは、もう違う。

リネットは、王太子妃の肩書きを名乗れる唯一の者だ。

いつまでもぽやぽやしていたら、最愛の旦那様にまで迷惑がかかってしまう。

「よし、現実逃避は終わり。私のやるべきことをしましょう！」

ぱちん、と頬を挟み叩くと、リネットは逃げていた『やるべきこと』に向き直る。

高級な紫檀の書き物机の上には、可愛らしい色合いの封筒が、どっしりと束になって積まれていた。

そう、本格的な社交に向けて、リネットに届いた貴族たちからの手紙である。

「……これ、一日で全部書き終わるかしら」

届いたものには、当然返事を出さなければならない。幸い、内容は結婚のお祝いとご機嫌伺いがほとんどなので困ることもないのだが、いかんせん数が多い。

その上、相手は幼少からしっかりと教育を受けている貴族だ。

なるべくきれいな字で返事を書きたいと思うと、どうしても緊張して手が動かず、つい現実逃避をしてしまったのである。

「と、とりあえず、知っている方へのお返事から書こう。初めての方は、もう少し手が温まってからにしよう、うん」

誰に言うでもなく呟いてから、リネットは見覚えのある差し出し人の手紙を選び出す。とはいっても、元貧乏令嬢に貴族の友人などほとんどいない。

『知っている方』とは、少し前に行ったリネット主催の茶会に来てくれた令嬢たちである。

冬の間は、大半の者が社交を控えて領地に引きこもるのだが、城仕えの要職をはじめ、ごく一部の貴族は王都に留(とど)まったまますごすらしい。

中でも、縁談探しに積極的な令嬢は、寒さをものともしない行動力を持っているため、彼女たちにリネットの社交慣れの手伝いをしてもらったのだ。

王太子妃と縁を結べるということで、招待した全員が快(こころよ)く参加してくれたのだが……この一件では予想外の事態が発生してしまい、想定よりも長い期間、彼女たちを関わらせることになってしまっていた。

もちろん、原因はリネットではないし、むしろ解決へ尽力(じんりょく)した側である。

（おかげで皆さんとも交流できたし、私も新しいお友達ができたから、結果だけみればよかったのだけどね）

すでに二度ほどやりとりをしている令嬢の手紙を開いてしばらく。リネットの頬が、無意識に引きつってしまったのがわかった。

内容は、美しい文字で綴(つづ)られたご機嫌伺いの見本のような文章なのだが、最後に記された一言が、リネットの心を困惑させる。

『またリネット様の、凛々(りり)しい男装姿を拝見できたら嬉(うれ)しいです』と。

「いや、好意的なご意見だとは思うんだけど……」

ぽつりと呟いてから、また小さく息をこぼす。

実はその茶会に……正確には、事件のせいでやり直しになった茶会の席に、リネットは男装姿で参加していたのだ。

事件解決のために奔走した、証のように。

弁明をするなら、リネットは別に男装が好きなわけではない。

ただ、これまでかかわってきた事件のどれもが、淑女らしさとはかけ離れた内容であり、かつ動きやすさを重視しなければどうにもならなかったので、必然的に男装の回数が増えてしまっただけだ。

煌びやかなドレスよりも、リネットの凹凸に乏しい体には似合っているかもしれないが、断じて趣味で着ているわけではない。

茶会の席での男装も、リネット本人ではなく新しい友人の提案だ。彼女の支援もあって好評を得られたのはよかったが……予想以上に好評すぎた結果が現状である。

（嫌なわけじゃないわよ。褒められているんだから、喜ばしいことだわ。だけど……）

茶会に参加した令嬢から届く手紙には、決まり文句のように『男装が良かった。また見たい』と書かれているので、さすがに困ってしまう。

特にこの冬の期間は、〝王太子妃として相応しいふるまい〟を学ぶために訓練をしていたので、男装を求められるとどうしても寂しくなってしまうのだ。

「まあ、仕方ないか。皆様には、そういう私しかまだお披露目できていないものね」

本日三度目の息を吐いてから、くるりとペンを回して気持ちを切り替える。

皆が知っているリネットの他の姿といったら、結婚式で遠目に見えた花嫁姿だけだ。一応夜会にも何度か参加しているが、挨拶のみのほんのわずかな時間しか話せていない。

一番長く交流できたのが男装だったのだから、そう思われても仕方ないだろう。

「これからよ、これから。社交の機会は嫌って言うほど増えるんだから。ちゃんとふるまうこともできるんだって証明しなくちゃ！」

でなければ、なんのために皆に協力をしてもらったのかわからない。

決意を新たに、リネットは強くペンを握り締めて……しかし、それを遮るかのように、部屋にノックの音が響いた。

「失礼します、リネット様。今よろしいでしょうか」

「カティアさん？　はい、どうぞ」

扉の向こうから聞こえたのは、慣れ親しんだ女性の声だ。

すぐに返事をすれば、お手本のような美しい礼をした人物が現れる。

白茶色の髪に色っぽい緑色の垂れ目、黒と白のお仕着せ風のドレスをまとう彼女は、かつて雇われ婚約者役だった時からリネットをずっと支えてくれている女官のカティアだ。

本来の役職は王妃付きという城内でも最上位職の女性なのだが、主人と彼女自身の厚意で、今もなおリネットに協力してくれている人物である。

「あら、書き物をお邪魔してしまいましたか。申し訳ございません」

「まだ一文字も書けてないので大丈夫ですよ。それより、何かありましたか？」

ペンを置いてカティアに向き直れば、彼女はホッとした様子で小さな銀盆を差し出してくる。平たい表面には、上等な紙でできた真っ白な封筒が一枚のせられていた。

「ちょうどよかったのかもしれませんね。リネット様宛てのお手紙をお持ちしました」

「今ですか？　珍しいですね」

今日リネットに届いた手紙は、すでに机の上にのっている。ということは、わざわざ別に届けられたということだ。

（急ぎの用件か、国内からの手紙ではないってこと？）

汚さないように丁寧に裏返せば、そこには意外な差出人の名前があった。

ソニア・ベラ・マクファーレン、と。

「ソニア様だわ！」

予想外の人物からの手紙に、気分がぱっと明るくなる。

ソニアはロッドフォードと隣接するマクファーレン王国の第一王女で、現在は親善大使として何度もこの国を訪れてくれている女性だ。

初めて会った時にはリネットの恋敵になるところだったのだが、紆余曲折を経て、今では友人のような親しい関係を築いている。

明朗快活な親しみやすい性格で、すらりとした長身の美人。そして何より、彼女の特徴といえば〝男装の麗人〟だ。

（まさか、男装の話で困っている時に、本家本元の男装王女様から手紙がくるとは思わなかったわ）

もっとも、少年と見間違えそうなリネットとは違い、起伏に富んだ体つきのソニアは、服装で性別を間違えられることはまずない。悲しいかな、そこは大きな違いだ。

「と、とにかく、早く中身を確認しなくちゃ」

平らな胸に落ち込む前に、とやや忙しなく中身を取り出す。

結婚式頃までは頻繁にロッドフォードを訪れていたソニアだが、雪で道が悪くなってからは会えていない。お互いに控えていたので、手紙が届くのもずいぶん久しぶりだった。

（相変わらず、きれいな字ね）

立場上、書き物の多い彼女の字は、教本のように整っている。リネットも見習わなければと思いながら読み進めるが、内容は近況を伺うような何の変哲もないものだ。

（緊急の連絡なんかじゃなくてよかった……）

時期が時期なので一瞬身構えてしまったが、ソニアは自国で元気に暮らしているようだ。

彼女の明るい声が聞こえてきそうな手紙に、頬をゆるめていた……のも束の間。

「あれ、何か入ってる」

手紙とは別に、やや厚い紙片が同封されていた。二つ折りのそれを開くと、中には形式じみた固い文章が並んでいる。

それはリネットも少し前に制作したばかりのもの――いわゆる、招待状だった。

「これって……！」

内容をさっと確認したリネットは、届けてくれたカティアに顔を向ける。

リネットの反応を予想していたのか、彼女は丁寧な所作で首肯を返した。

「はい、先に王太子殿下より伺っております。ソニア王女殿下の、立太子式典を兼ねた夜会への招待状でございます」

カティアの返事を聞いて、もう一度文面を読み直す。

間違いない。マクファーレン王国は、ソニアを王太子、つまり〝次代の国王〟と認定すると記載されている。

「すごい……ソニア様は、本当に女王様になるのね！」

口に出してみると、途端に胸を喜びが満たしていく。

何しろソニアは、初めてロッドフォードを訪れた時、命を狙われていたのだ。それも、半分とはいえ血の繋がった兄に。

家族を大切に想うリネットからすれば信じられないことだったし、そんな関係を許容するようなマクファーレン王国は、とんでもない国だと一時期は疑ってしまっていた。

ふたを開ければ、おかしかったのは元第一王子だけで、父親である現国王は、その後の対応を見る限りまともな人だったので安心したものだ。

（国王陛下以外も、ちゃんとソニア様を認めて下さったのね）

友人として、ソニアの良いところを沢山知っているリネットからすれば、彼女が認められることは本当に喜ばしい。

格好こそ奇抜だが、ソニアは人の気持ちを大切にしてくれる、素敵な女性なのだから。

「あ、でも。招待状ってことは、マクファーレンに行かなければならないのよね」

再び確認すると、会場はやはりマクファーレン王城と記されている。いくら隣国とはいえ、王都までは一日二日で行けるような距離ではない。

「この件につきまして、王太子殿下がお話をしたいとのことです。リネット様の都合に合わせるとのことでしたが、いかがなさいますか？」

「それなら、すぐにでも伺います」

補足するように伝えてくれるカティアに、しっかりと頷いて返す。

幸い、今日は急ぎの公務も訓練もない。時間がとれる内に相談をするのが賢明だろう。

「かしこまりました。では、すぐにご用意を……あら、今日はちゃんとできていると思いましたのに、まだまだですね。リネット様、失礼いたします」

「は、はい？」

外出用の上着を用意してくれるのかと思いきや、ふいにカティアの目が鋭くなり、リネットのドレスに手を這わせる。

白魚のような美しい見た目とは裏腹に、抵抗を許さない力強い触れ方だ。

「変なところが皺になっています。まったく、今日の支度役は誰でしたか……」

「えーと、最近よくお手伝いして下さる侍女さんです。赤茶色の髪の」

他にも三名ほどいたのだが、主に着つけてくれた侍女の特徴を上げれば、カティアは納得したように小さく首を横にふった。

実のところ、リネットの専属侍女はまだ決まっていない。

王太子妃という立場上、専属を持つのが当然ではあるのだが、茶会の時の事件など色々と慌ただしかったせいで、結局宙ぶらりんのまま今日にいたっている。

できれば冬の間に決めたかったのだが、なかなかままならないものだ。

ただ、結婚したての頃は呆れるほどに来ていた行儀見習いたちが来ることはなくなり、今は元々王城に勤めていた侍女たちが支度を手伝ってくれている。それだけで、リネットとしてはだいぶありがたい。

（行儀見習いたちに支度を任せるのは、色んな意味で不安すぎたものね）

彼女たちが嫌いなわけではないが、令嬢の教養と侍女の務めは同じではないので仕方ない。職として勤めてきた者のほうが上手いのは当然だ。

「あの子はもう少しできると思いましたが、詰めが甘いですね」

「いえ、私が座っていたから崩れたのかもしれませんし……」

「ちゃんと着つけができていれば、座った程度では皺になりません」

（ひええ……）

すっぱり言い放つと同時に、カティアが整えた部分からは皺がしっかりとれている。

以前からカティアは妙にリネットを着飾りたがる節があったのだが、身支度について並々ならぬこだわりがあるようだ。

（そもそも女官って、本来なら支度とかしないはずなんだけど。どうしてカティアさんは、こんなに上手なのかしら）

主に身の回りのことを手伝う侍女と違って、女官に求められるのは知識的な補佐であり、秘書のような仕事が多いと聞く。

だが、リネットが雇われだった時からずっと、カティアは侍女のような仕事も手伝ってくれているし、その仕事に不満を訴えることもない。

ありがたいが、同時に申し訳ないとも思ってしまう。少しでも不満を口にしてくれれば、王妃に謝罪をした上でカティアを元の仕事へ戻してあげられるのだが。

「はい、できました。髪を結い上げるのもよくお似合いですわ、リネット様。これからは、少し大人っぽい支度も試していきましょう」

……いかんせん、カティア本人が楽しそうなので、何も言えなくなっている。

一刻も早く専属侍女を決めて戻ってもらうべきなのか。それとも、彼女が望んでくれる限り手伝ってもらうべきか。こちらも悩ましい問題である。

とにかく、今は招待状の件が優先だ。身支度を完璧にしたリネットは、愛しい旦那様の執務室に向けて私室を後にした。

雇われだった頃からよく訪れていた執務室への道のりは、もう目をつぶっていてもわかるほど体が覚えている。

リネットの護衛も、廊下に並ぶ警備の者たちも、全員が直属部隊の証である銀刺繍の入った紺色の軍装に身を包んでおり、しっかり顔見知りだ。

相変わらず男だらけの面々に会釈をしながら、リネットはゆっくりと扉を叩いた。

「失礼します。リネット、参りました」

続けて、在室を確かめようとして……その前に、扉のほうが勢いよく開いた。

「リネット、もう来てくれたのか！」

「わぷっ」

そのまま腕を引かれて、厚い胸板に抱きとめられる。やや高めの体温と、心地よい香りに包まれれば、喜びが胸に溢れてくる。

「悪いな、せっかく今日はゆっくりしてもらえる日だったのに」

「いいえ。嬉しいお報せでしたから、私も早くお話ししたかったんです」

そろりと顔を上げれば、形だけは鋭い紫水晶の瞳が、柔らかく蕩ける。

「それに、アイザック様が会いたいと言って下さったら、いつでも喜んで参りますとも」

「それは俺も同じだな」

触れるだけの口付けが額に落とされて、つい顔がにやけてしまう。

最愛の旦那様こと、他国にまで名の知れる〝剣の王太子〟アイザックは、今日も今日とて素晴らしい男ぶりだ。

国王譲りの燃えるような赤い髪と、獅子とも称される凛々しい美貌は、未だ多くの女性の心を虜にして止まないだろう。

だが、彼は結婚する前も今も、リネットだけを唯一として大切にしてくれる、理想を形にしたような男性である。

（ああ、幸せ……）

用事はもちろん忘れていないが、彼に触れるとついつい惚けてしまう。

同じ寝室で毎日ちゃんと顔を合わせているにもかかわらず、一緒にいられる時間が少しでもあると、嬉しくてたまらない。

結婚してからそれなりに経っているのに、慣れることも飽きることもなく、毎日出会って、毎日アイザックに恋をする。本当に、なんと幸福な人生なのか。

声にならない笑みをこぼしながら二人の世界に浸っていると、ふいにアイザックの頭の上でぱこんと軽い音が響いた。

「はいはい、そこのご夫婦。いちゃつくなとはもう言いませんから、せめて部屋の中に入ってからにしてもらえます？」

どうやら、丸めた紙の束でアイザックの頭を小突いたらしい。

普通なら不敬極まりない行為だが、この呆れたような声の持ち主なら今更すぎる話だろう。

「こんにちは、レナルド様。お邪魔してすみません」

アイザックの体の横から部屋を覗き込めば、王子様然とした美丈夫が、もはや見慣れた苦笑を浮かべて立っている。

王太子の側近にして、筆頭貴族ブライトン公爵家の長子レナルドは、アイザックにとっては幼馴染でもある人物だ。

加えて、リネットにとっても義兄の立場にあたるので、こうした軽いやりとりも日常茶飯事になっている。

「いらっしゃいませ、リネットさん。邪魔なのは図体のでかい王太子殿下なのでお気になさら

ず。と言いますか、来客の応対ぐらいは部下にさせてもらえません？」

「客じゃなくて俺の妻だ。俺が出迎えるのが当然だろう」

「そういう問題ではないのですが……もういいか」

レナルドは軽く息を吐くと、アイザックの腕を室内へと引っ張る。

リネットも一緒に入室すれば、閉じた扉のすぐ隣に立つ部下が、困ったような表情でこちらを見つめていた。

「とにかく、今回はそれなりに各地に影響する話ですので、さくさく決めてしまいましょう。リネットさんもどうぞ」

「あ、はい！」

促（うなが）されるままに進んでいく執務室の中は、相変わらず空気まで一級品で整えられた美しい部屋だ。

いや、結婚してからは調度品が減り、より執務に特化した内装になったようにも感じる。

ただ、リネットが密（ひそ）かに気に入っている応接用ソファだけは、ずっと変わらずに置いてくれているようだ。

「……あ、ど……も」

ちょうどそのソファを見ていたところ、リネットたちに背を向けて座っていた人物が、こちらに気付いて立ち上がった。

若干猫背気味の彼のてっぺんで揺れるのは、アイザックによく似た赤髪である。

「マテウス様もいらっしゃったのですね。お疲れ様です」

リネットがさっと礼の姿勢をとれば、彼も恐縮したように深く頭を下げる。顔の半分までを覆う長い前髪も健在のようだ。

この珍しい鮮やかな赤髪は国王の血筋であり、マテウスは王弟の息子だ。アイザックの従弟でもある彼は、数か月前からアイザックの側近候補として出向してきている。

本職は薬学専攻の学者である彼は、少し前のリネットの茶会を発端とした事件でも積極的に協力してくれており、その知識は非常にありがたかった。

そして意外にも、一見正反対なアイザックの部下たちともうまくいっているらしい。

穏やかな風貌の割りに、実は血の気の多いレナルドとも、役割が分担できてちょうどよいのかもしれない。

ともあれ、話し合いに使うソファにいたということは、今回の招待にはマテウスもかかわってくるということだ。

淑女らしさを意識した笑みのまま、リネットはマテウスの向かい側に腰かける。もちろん、アイザックはリネットの隣だ。この座る位置は、一番初めにこの部屋を訪れた時からずっと変わらない。

「さて、マクファーレンから届いた招待についてだ」

レナルドもマテウス側のソファに座ったのを確認すると、アイザックが早速とばかりに口を開く。……真面目な話題のはずなのに、心なしか楽しそうな声色だ。

（アイザック様も、ソニア様の立太子を喜んで下さってるのかしら）

アイザックとソニアは同じ歳なこともあり、顔を合わせると遠慮のない会話になることが多かったので少しだけ心配していたが、杞憂だったらしい。

こっそりと胸を撫で下ろすリネットを気にすることもなく、アイザックはテーブルの上に届いた招待状を広げて見せる。

当然だが、リネットに届いたものと全く同じものだ。

「開催日はちょうど三週間後。マクファーレン王都までは普通なら十日ほどだが、まだ雪も残っているし、多少余裕をもって動いたほうがいいだろう」

「そうですね。行軍なら話は違いますが、今回はリネットさんも一緒ですから。……私なら大丈夫です、なんて言わせませんよ？」

「はっ、すみません！」

正に言おうとしたことを先に止められて、リネットは唇を押さえる。

貧乏育ちのリネットは、多少の強行軍は耐えられるし、なんなら野宿の火の番なども普通にこなせるのだが、それは今求められる能力ではない。

今回招かれているのは、ロッドフォードの王太子妃だ。賓客として参加する大事な式典に、野宿明けのぼさぼさ姿で出るのはさすがにダメだろう。

「リネットさんは、きっちりしっかりお姫様扱いで向かってもらいます。これは貴女のためではなく、我が国のためです。よろしいですね？」

「はい、もちろんです‼」

念を押すようなレナルドの言い方に、リネットは頭を何度も縦にふって返す。

彼はかつて、淑女のしの字もなかった野生児を教育してくれた師でもある人物だ。この手のことで逆らうことは、きっと一生ない。

「リネットの了承も得たし、とびっきりいい馬車を用意しないとな。あとは旅装の準備と、同行者の選定と……」

レナルドの圧にしり込みしたリネットを慰めるように、アイザックの大きな手がぽんぽんと頭を撫でてくれる。

やはり今日のアイザックは、ずいぶんと機嫌がいいようだ。

リネットが隣にいるからというのもあるだろうが、そわそわした雰囲気を隠していないのはとても珍しい。

「アイザック様は、ソニア様の立太子がそんなに嬉しいのですか？」

思わず訊ねてみると、アイザックはきょとんと音がしそうな表情でリネットを見返してきた。

あれ？　とこちらも止まってしまえば、彼の表情が満面の笑みへと変わっていく。

「それもまあ喜ばしいが、俺が嬉しいのはそっちじゃないぞ、リネット」

「え？　じゃあ、どうしてそんなに……」


「これは俺たちの、初めての旅行だ」


まるで、はしゃぐ子どものような弾んだ声に、今度はこちらが目を見開いた。

旅行、と。アイザックはそう言ったのか。

「え、でも、正式なご招待ですよね？」

「もちろんそうだが、リネットとちゃんと遠出をするのは初めてだろう？」

「おまけに、他国のお呼ばれに仕事を持っていくような無粋なことはできませんからね。ええ、正しく、旅行ですよ」

未だ理解できていないリネットに、アイザックとレナルドがそろって説明してくれる。

確かに、めでたい場所に仕事を持ち込むのは失礼だろう。

そして、行き先は片道十日以上もかかる遠い場所だ。

（そっか……アイザック様と、初めての遠出だ！）

彼らの言ったことがようやくわかると、途端にリネットの心も浮き立った。

一応、反対側の隣国であるヘンシャル王国へは行ったことがあるが、それこそ強行軍のような非常に忙しないものだった。

あれを旅行と呼ぶのは、いくら貧乏育ちのリネットでもごめんだ。

「じゃあ本当に、ゆっくり観光とかできるんですか？」

「俺はそのつもりだ。招待されたのに早々に帰るのも、逆に失礼だしな」

「ソニア様の国を、アイザック様とゆっくり見られる……！」

じわじわと顔に熱が集まってくる。

友人のお祝いの席に招かれるだけでも喜ばしいのに、最愛の旦那様と仕事なしですごせるなんて。そんなに贅沢なことがあっていいのだろうか。

「ど、どうしよう……なんだか嬉しすぎて、目が回りそうです……」

「はは、気が早いぞリネット。まあ、その分今日から出発までの間は地獄だろうけどな」

マクファーレンまでは、移動だけでも往復で二十日以上。滞在期間を考えれば、一月近く城には戻ってこないことになる。ただでさえ多忙なアイザックは、不在の間の仕事の割りふりだけでも膨大な量になりそうだ。

リネットとて、もちろん人ごとではないが、それが旅行というご褒美のためならいくらでも頑張れる気がしてくる。

（マクファーレンは海に面した国よね。どんなところだろう）

ロッドフォードも水源は豊富だが、海とは全く別物だ。生まれてこの方、一度も見たことがないそれに、期待は高まるばかりだ。

「……あ、あの」

うきうきと盛り上がるリネットたちに、ふと困ったような声がかけられる。

はっと三人が視線を向ければ、なんとも居心地が悪そうなマテウスが、肩をすぼめてこちらを見ている。……いや、目は前髪に隠れているので、恐らくだが。

「悪い、すっかり放置してしまったな」

「お話は、わかり……した。僕は……たら？」

ぎりぎり聞こえるかどうかという声を、三人は耳を澄ませてなんとか聞きとる。

マテウスの悪癖ともいえる部分なのだが、彼は喋る声がものすごく小さいのだ。声が出ないわけではないが、どうにも喋るのが得意ではないらしい。

（多分、僕はどうしたらって聞いてらっしゃるのよね？）

確認のためにアイザックと目を合わせれば、彼も同じ結論になったようだ。

リネットと頷き合うと、アイザックは姿勢を正して、マテウスへ体ごと向ける。

「今日マテウスに来てもらったのは、お前に頼みたいことがあったからだ」

「……？」

キリッと表情も真面目なものに変わったアイザックに、マテウスもぴんと背筋を伸ばして応える。

今更だが、ソニアと会ったことがなさそうなマテウスが呼び出されているのは、確かに不思議な話だ。

（それとも、どこかでお会いしてるとか？）

王家に連なる血筋である以上、それは普通にありえる。ただ、マテウスも招待状を受け取っているのなら、本人かアイザックから報告があったはずだ。

リネットが考えている間に、アイザックはこほんと咳払いをすると、為政者らしい凛々しい目でマテウスを射抜いた。

「今回俺が不在の間、俺の代理をお前に務めて欲しい」

「――はい？」

すとん、と一息で告げられた内容に、なんとも言えない声が落ちる。

それは初耳のリネットも驚きだ。血筋的には全く問題ないにしても、マテウスがこちらで仕事を始めたのは、たった数か月前なのだから。

「えっ、まっ……僕、ですか？　レナルド殿……では!?」

かなり動転しているらしいマテウスは、両手を胸の前でぶんぶんと左右にふっている。彼からしたら、正しく青天の霹靂に違いない。

顔がよく見えなくても、その戸惑いっぷりはしっかりと伝わってくる。見えている部分の顔も、青くなったり赤くなったりと目まぐるしく変わっていた。

「私は無理ですよ。私もマクファーレンに護衛として同行しますので」

「そ、そんな……」

続けて、とどめを刺すようにレナルドが答える。驚きすぎたマテウスが、勢いよくソファから立ち上がった。

「そ、そうなんですか？　レナルド様」

「はい。王城へ招かれている以上、護衛は厳選しなければなりません。私は王女殿下と面識がありますので、色々と手間が省けるのですよ。もちろん、私はお仕事であって旅行ではありませんので、悪しからず」

言外に『観光できるのはリネットたちだけだ』とほのめかされたようで、少し申し訳なくなってしまう。

だが、レナルドが同行してくれるのはとても心強い。戦力的にも精神的にも。

「……どうしよう」

逆に、マテウスはすっかり絶望した様子で俯いてしまった。

表情はわからないが、まとう空気が雨天のようにじっとりと重くなっている。

「マテウス、俺も適当にお前を選んだわけじゃない。今日までのお前の働きを見て、任せられると思ったからこそお前を指名したんだ」

そんな彼に訴えるように、アイザックが呼びかける。真摯な声は、決して冗談ではない力強さを持っている。

「でも……」

「当然だが、剣の訓練なんかを押し付けるつもりはないぞ。お前に任せたいのは、あくまで机仕事だ。お前のほうが、俺よりもずっと頭の回転が速いしな」

どうか、引き受けてくれないか、と。

紫水晶の瞳が、前髪に隠されたマテウスの目をじっと見つめる。

……リネットの所感だが、アイザックを〝アイク兄さん〟と呼び慕うマテウスは、アイザックに憧れていると思われる。

まあ、文武両道で〝騎士王の再来〟と謳われるアイザックに、憧れない国民のほうが少ないのだが、今は置いておこう。

（そんな人に頼りにされたら、嬉しいけど緊張しちゃうわよね……）

アイザックは、自身がとんでもなくすごいことをあまり自覚していない。無論、マテウスも素晴らしい人物だが、アイザックは規格外だ。

リネットとしても、マテウスが引き受けてくれたらありがたいのだが、どう説得をしたらいいのかうまい言葉が思いつかない。

さて、どうしたものか、と。立ち尽くすマテウスと、彼の返事を待つアイザックを何度か見比べて――、

「マテウス様には、オレがついてますよ」

急に響いた第三者の声に、心臓が口から出そうになってしまった。

それは他の三人も同じだったようで、勢いよく声のした方向……マテウスの背後に顔を向けている。

「び、びっくりしたああ！　心臓に悪い登場は本っ当にやめてよ兄さん‼」

「お、今日は全員驚いてくれたな。最近殿下の反応がいまいちだったので、今日は気合いを入れて気配を消したんですよ」

視線の先に立っていたのは、リネットと同じ茶色の髪と、母譲りの澄んだ青眼を持つ、美少女……にしか見えない男だ。

にやりと口端を吊り上げる顔はどう見ても女性だが、身にまとうのは三人と同じ紺色の軍服で、れっきとした男である。

「雇い主を驚かすことに気合いを入れるな、グレアム」

ため息をついて応えたアイザックに、彼……リネットの実兄であるグレアムは、すっと恭しく頭を下げた。

「まだ心臓がばくばくしてる……寿命が縮んだらどうしてくれるのかしら」

リネットが両手で胸を押さえれば、悪びれた様子もなく手をふってくる。

あまり顔の似ていない実兄は、アディンセル伯爵家の元の生業である暗殺者『梟』の技術を継ぐ者であり、現在はアイザックのもとで諜報職を一手に担っている。

常人ではとても真似できない気配を消した迅速な動きと、狩りで鍛えた抜群の聴力を持つ彼は、たいへん心強い戦力なのだが、時折こうしてリネットや仲間たちを脅かしてくるのが困ったところだ。

アイザックの義理の兄になったとはいえ、あまり不敬なことはしないで欲しい。

「と、とにかく、兄さんはお城に残ってくれるのね」

「ああ。レナルドお義兄様が護衛なら、オレがついて行く必要はないだろう。むしろ、マテウス様の傍に通訳で控えていたほうが役に立てる」

そう言ってマテウスに視線を送ると、彼もほっとしたように頷いた。

マテウスの声量は、一般人ではぎりぎり聞きとれるか否かというか細いものだ。

だが、異常なほど耳の良いグレアムはしっかりと聞きとれるため、初対面の時から自他ともに認める通訳のような扱いとなっていた。

マテウスも、二人なら代理を引き受けてもよさそうな雰囲気に変わっている。

「それに、マクファーレンは魔術を重用する国だ。オレが行っても、足手まといになるだろうからな」

「あ、そっか……」

続けて、グレアムがやや低い声で口にしたことに、リネットは先ほどとは違う意味で胸を押さえた。

――そもそもロッドフォードは、魔術が使えなくて虐げられた者たちが〝亡命して〟できた王国だ。

この山岳地帯には、本来なら空気中に当たり前にある〝魔素〟という成分がほとんどない。魔素がないと魔術を使えないので、魔術師から逃れるには最適の場所だったのだ。

反面、当時は非常に過酷な環境だったと伝わっているが、そのほうがマシだと思えるほどに、魔術師たちに辛い思いをさせられていたのだろう。

その後、騎士ロッドフォードを王として、この地は国になった。だが、ロッドフォードの国民には、先天的に魔術を受け付けない者が今も生まれているらしい。

初代国王に仕えた『梟』の血筋であるグレアムもその一人で、魔素や魔術に対しての耐性が低い。同じ両親から生まれたリネットは平気なのに、だ。

「ごめんなさい、兄さん。しっかりお土産買ってくるからね」

「謝る必要はねえよ。土産はまあ期待しとく」

悪戯を仕掛けてくることもあるが、彼の根っこはリネットを大切に思ってくれる良い兄のままで、幼い頃から変わらない。

そんな彼を連れていけないのは多少心苦しいが、本人がそこまで気にしていない様子なので、彼のためにもリネットはしっかり旅行を楽しんでくるべきだろう。

「お二人がいれば大丈夫だとは思うが、気をつけて行ってこい、リネット。マテウス様は、オレと一緒に頑張ってくれます？」

「はい……よ……く、……ます」

そしてマテウスも、代理の仕事を引き受けてくれるようだ。よく聞こえなかったが、グレアムの穏やかな表情から察するに大丈夫そうだ。

二人のやりとりに、アイザックとレナルドもほっとしたように微笑んでいる。

「なるべく問題が起きないように準備していくから、よろしく頼むぞ」

「そうと決まれば、早速取りかかりましょう。リネットさんも、よろしいですか？」

「はい、もちろんです！」

ぱっと明るくなった空気に、リネットの心も再びわくわくしたものに戻っていく。

ソニアの記念すべき式典に、アイザックとの初めての旅行、どちらも素晴らしい予定だ。

それを楽しむためには、リネットも万全の準備をしていかなければならない。

「では、私は部屋に戻らせていただきますね。アイザック様、また夜に」

「ああ。出発まで頑張ろう」

差し出されたアイザックの大きな手を、リネットは両手でぎゅっと掴んでから立ち上がる。

――かくして、特別な旅に向けた準備の日々が幕を開けたのだった。

＊　＊　＊

リネットにしては忙しく、それでもアイザックと比べればそこまででもない準備期間は、毎日飛ぶようにすぎていく。

手紙の返事一つに悩んでいたのが嘘(うそ)のように、リネットも日々着々と務めをこなしていく。できるだけ無駄なく、そして正確に。

「忙しいのは大変だけど、追い詰められたほうが上達は早いのかもしれないわ」

さすがにこれがずっと続いたら困るが、たまにはこうして追い詰められるのがリネットの成長にも繋がるのかもしれない。

すっかり慣れた封印を終えて、ほっと長めの息を吐く。リネットの今日の分の仕事は、これで完了だ。

「よし、次は……」

と、ちょうど動こうとしたところで、ノックの音が響く。

すぐに返答すれば、扉の向こうから二人分の女性の声が聞こえてきた。

「リネット様、シャノン様がお見えです」

「ごきげんよう、リネット様」

「あっ！　もうシャノン様がいらっしゃる時間でしたか」

すっかり仕事に集中していたことを反省しつつ、すぐに二人に入室してもらう。

見惚れてしまいそうな美しい礼で現れるのは、案内してくれたカティアともう一人、妖精と見紛う儚げな美貌の令嬢、シャノンだった。

「申し訳ございません、少し早かったでしょうか」

「いえ、とんでもない。来て下さって嬉しいです」

リネットが書き物机から駆け寄れば、翡翠のような瞳がふわりと細められた。

シャノンはリネットの茶会を発端とした事件で知り合った〝新しい友人〟であり、紆余曲折を経て、今は王太子妃の相談役に就いてくれている。

国内でも有力な貴族、ハリーズ侯爵家の令嬢として完璧なふるまいをしてくれる一方で、たいへん愛情深く、話していると非常に楽しい人物だ。

ちなみに、事件後にやり直した茶会で〝リネットらしい王太子妃に〟と男装での参加を薦めてくれたのも彼女である。

「お邪魔でなければよいのですが……お会いできるのが楽しみで、つい」

部屋の中央の応接ソファに案内すれば、すぐにカティアがお茶を用意してくれる。シャノンを案内する際に、一緒に運んできてくれたようだ。

リネットがお願いしなくても、最高の茶葉とお菓子を用意してくれる彼女は、本当に優秀な女官である。シャノンがお菓子を食べることがほとんどないのが残念だ。

「私もシャノン様に会えてとても嬉しいですよ」

向かい合うように座ると、自然と唇が笑みを作っていく。

シャノンに会えて嬉しいのは本当だ。つい仕事に没頭してしまったが、彼女とすごす時間はとても温かい気持ちになれる。

ゆるく波打つ青みがかった黒髪に、真っ白な肌の美しい令嬢。今日の淡い水色のドレスもよく似合っており、座っているだけでも人形のように可憐だ。

「では、今日も恋バナが沢山できますわね！」

……そんな彼女の口からこぼれるのが、元気いっぱいに恋愛を語る言葉だなんて、きっと誰も想像がつかないだろう。

基本的には令嬢の鑑のようなシャノンだが、ある一点にのみ、とてつもなく深い愛情を向けている。

入室した時の儚さはどこへいったのか。目を輝かせるシャノンに、リネットもカティアも思わず微笑んでしまうのは仕方ない。

「……と言いたいところですが、実は本日はご提案に参りました」

「え？」

ところが、今日のシャノンは一味違うとばかりに、令嬢らしい整った姿勢に戻ってしまった。

連日の仕事のご褒美も兼ねてシャノンとすごそうと思っていたリネットは、問うのも忘れて目を瞬く。

（何か問題があったかしら？）

彼女は相談役というちゃんとした『役割』なので、当然楽しい話題だけではなく、リネットが困っていることや悩んでいることの助言者でもある。

これまでも、アイザックには少々聞きづらい女同士の相談をしてきたが、今日は提案されるようなことが特に思いつかない。

「すみません、シャノン様。私は何かご迷惑をおかけしてしまったでしょうか？」

「まさか、違いますわ」

恐る恐る確認すれば、シャノンは笑いながら否定してくれる。ではなんだろうと首をかしげると、シャノンは細い指先を膝の上でしっかりと組んで続けた。

「王太子ご夫妻が、マクファーレン王国にご招待されたと伺いました。もしよろしければ、わたくしをリネット様の侍女代わりとして連れていっていただけませんか？」

「えええっ⁉」

思ったよりも大きな声が出てしまい。リネットは慌てて口を押さえる。だが、それぐらいにありえない提案だった。

（シャノン様を侍女扱いとか、無理でしょう!!）

確かに、リネットの専属侍女はまだ決まっていない。そして、王太子妃という立場上、ついてきてくれる供は必須だ。

しかし、シャノンはれっきとした侯爵家の令嬢である。そんな彼女を侍女として連れていくのはさすがに失礼だ。

「シャノン様をそういう立場で連れていくのは、ちょっと……」

「あら、もしかしてわたくしの腕をお疑いでしょうか？　こう見えて、結構色々できるのですよ？」

「いえ、そうではなく！」

シャノンの提案が完全に厚意であるのもわかるので、余計にいたたまれない。

それに、シャノンを連れていくのは、別の理由からも得策ではないのだ。

「マテウス様に代理をお願いしているのに、シャノン様を連れていくことはできません！」

「あら」

リネットがはっきりと理由を伝えれば、今度はシャノンのほうが目を瞬いた。

そう、彼女はあの長い前髪が印象的な男性の婚約者なのだ。それも、家同士の事情だけではなく本当にマテウスを愛していて、彼を表現することに心血を注いでいる。

「ご存じかとは思いますが、今回アイザック様が不在の間、マテウス様に代理をお願いしているんです。お二人を引き離すようなことはしたくないですし、何よりシャノン様には、大変なお仕事をお願いするマテウス様を支えていただきたいです！」

「あらあらあら」

リネットが言葉を重ねるごとに、シャノンの翡翠の瞳は輝きを増していく。

シャノンを供にするのが恐れ多いのは確かだが、マテウスの傍にいて欲しいことこそ本音だ。

いくらグレアムがいるとは言っても、仕事仲間にすぎない。婚約者のシャノンとは立場が全く違うのだ。

リネットがアイザックに会えるだけで幸せになるように、きっとマテウスも、シャノンがいてくれれば心持ちが違うだろう。

（だってマテウス様も、シャノン様のことを大切に想っていらっしゃるもの）

そもそも例の茶会の時の事件も、シャノンがかかわったからこそ、マテウスは真剣に協力してくれたのだ。

彼は学者だが、もしあの茶会にシャノンを招いていなかったら、あるいは彼女が事件にかかわらなかったら、きっと必要以上には協力しなかったと思われる。

前髪の長さで察せられる通り、彼は人前に出ることを好まない性格だから。

（声が小さいせいでわかりにくいけど、これは間違いないもの）

リネットはじっと、シャノンの返事を待つ。

やがて彼女は、蕾(つぼみ)が花開くような柔らかな微笑を浮かべて、リネットに頷いてみせた。

「かしこまりました。それではわたくしはロッドフォードに残り、マテウス様をお傍で支えたいと思います。非才の身ではございますが、あの方がお疲れの時に、肩や膝をお貸しすることぐらいはできるでしょうから」

「いえ、シャノン様は全然非才じゃないですからね」

素敵な返答をもらえたのに、ついつっこみを入れてしまった。

どちらかと言えば、シャノンは非常に多才な女性だ。芸術分野も文学も、専門水準でこなすことができる。ただし、題材がマテウスに限定されるのだが、愛が原動力なので仕方ない。

「私の専属侍女がまだ決まっていないせいで、心配して下さったのですね。お気遣い下さり、本当にありがとうございます」

改めてリネットが礼を伝えれば、シャノンは眉を下げた後、ふるりと首を横にふった。

シャノンだってわかっていたはずだ。有力侯爵家の娘である自分を侍女にすれば、また別の問題が起きかねないことを。

それでも、初めて遠出をするリネットのことを思って提案してくれたのだろう。友人思いの彼女に、また胸が温かくなる。

「でも、リネット様。連れていく侍女はもうお決まりなのですか？」

「それは……残念ながら。そろそろお願いしなきゃとは思っているんですけど」

　肩を落とすリネットに、向かいから気遣うような空気を感じる。

　正直な話、王太子妃が任命すれば、侍女たちが断らないことはリネットもわかっている。だから、誰を選んでも問題はないのだが、片道だけでも馬車で十日以上の長旅に付き合わせるのだ。使用人がいない生活のほうが長かったリネットとしては、やはり躊躇ってしまう。

「でしたら、わたくしが参りますわ」

　そんな二人の間に、穏やかな女性の声が響く。

　はっと顔を上げれば、今まで黙って控えていたカティアが、にこにこと笑いながらリネットの横に立っていた。

「カティアさんもダメですよ!?　だって貴女は、王妃様付きの女官じゃないですか！」

　ずっと傍にいてくれるので忘れがちだが、カティアの主人はリネットではない。シャノンも知っていることなので、唇を押さえて驚いている。

「リネット様、実は王妃様にはもうお許しをいただいているのです。王族からのご招待に不格好な姿で参加するなど、許されませんもの。これでもわたくし、リネット様のお支度については、誰よりもうまくできる自信がございますわ」

「そ、それは間違いないと思いますけど……」

　何しろカティアは、まともに歩くことすらできなかった頃のリネットを淑女にしてくれた女性だ。一緒にすごした時間はアイザックにも匹敵する。

「貴女は王太子妃として、ロッドフォードの名を背負っていらっしゃるのですよ。万全の準備をするのは当然です。ということで、わたくしがお供をするのが最適解ですわ。王妃様もそのようにおっしゃっていました」

「うっ」

義母でもある王妃の名前を出されて、リネットが逆らえるはずがない。

何枚も上手の美しい女官に返せる言葉は、「お願いします」一択だ。

「よかった。貴女ほどの方が一緒に行って下さるのなら、とても頼もしいですわ」

「はい、お任せ下さいませ」

やりとりを見ていたシャノンは、満面の笑みを浮かべてカティアの同行を喜んでいる。

無論、リネットだって嬉しいしありがたい。カティアが来てくれるなら、支度関係は何の心配もいらないだろう。

(結局、色んな方に協力していただいてばかりね。もっと頑張らないと)

何かを決めたり、指示を出すことの難しさは、〝上〟に立ってみて初めて知ったことだ。仕えるほうが性に合っているリネットだが、いつかは慣れなければならないだろう。

(せめて王太子妃として、カティアさんが恥ずかしくないようにふるまってみせるわ！)

強い決意を胸に、準備の期間はまた一日すぎていく。

２章　海沿いの王国と立太子式

慌ただしい準備期間はあっと言う間にすぎ去り、いよいよマクファーレンへ旅立つ日がやってきた。

薄紫色から青に変わりつつある空は美しく、きっと今日は良い天気になるだろう。

「わあ……大きい馬車ですね」

王城を出てすぐの到着場には、今日から乗っていく馬車がすでに準備されていたのだが、見たことがないほど大きく立派なものだった。

乗る度に感動していたレナルドの実家の豪華な馬車よりも、さらに二回り以上は大きい。上品な黒で塗られた車体部分には、しっかりとロッドフォードの紋章が刻まれている。

「こんなに大きくて、立派な馬車があったんですね」

「リネットと出会った頃から、あまり遠出はしなくなったからな。何年か前は、これで国内のあちこちへ視察に行っていた」

懐かしそうに目を細めたアイザックに、リネットも改めて感慨を覚える。

そもそもリネットが彼に雇われることになった理由は、彼が『女性が近付くことができない』という呪いのような体質を持っていたからだ。

近付けば、たとえ血の繋がった母親であろうとも倒れさせてしまう彼は、社交の場を徹底的に避けて、あえて各地の視察や軍の派遣業務に勤しんでいたと聞いている。

（そうだ、以前のアイザック様は国中を飛び回っていたものね）

実はリネットが初めてアイザックを見かけたのも、彼が領地を訪れた時だ。

生家アディンセル伯爵領は何もない辺境の土地だというのに、アイザックが来てくれたことはよく覚えている。リネットが行儀見習いとして城に上がる前の話だ。

それから様々な事件を乗り越えて、体質の影響を受けないリネットとともに、アイザックは王太子としての生活を取り戻したのだ。

「何だか、懐かしさすら感じてしまいますね」

「リネットと一緒になってからも、色々あったからな。さ、そろそろ出発だ。楽しくいこう」

「はいっ」

リネットが顔を上げれば、大きな手が優しくリネットの髪を梳いてくれる。

今は城での公務が忙しい彼だが、こちらが落ち着いてきたらきっと、また各地へ視察に赴くだろう。アイザックは王族とは思えないほど、とても行動力のある人だから。

「天気もいいし、旅行日和だな。さて、俺は最後の確認に行ってくる。……リネット、そういう服装もよく似合うぞ」

梳いた流れのまま、ぽんぽんとリネットの頭を撫でたアイザックは、見送りに来た部下たちの元へと歩いていった。

今日のリネットの装いはドレスではない。アイザックたちの軍服によく似た紺色のシンプルなワンピースと、厚手のショールだ。

丈も膝が少し隠れる程度で、下には編み上げのブーツを合わせている。以前にも似た格好をしたことがあるが、町へ下りるための装いである。

(何日も馬車で移動するのに、ドレスを着てても仕方ないものね)

きっと次に着飾るのは、マクファーレンに着いてからだ。それまではほぼ一般人同様の軽装ですごせるので、少しだけ気が楽でもある。

「リネット様、そろそろ」

「はい」

呼びかけにふり返れば、同行してくれるカティアも今日は女官のドレスではない。行儀見習いのお仕着せによく似た、シンプルな黒地のワンピースだ。

「カティアさんは私服じゃなくてよかったんですか?」

「これも私服のようなものですわ。状況によってはわたくしも着替えますけれど、主従の立場はきちんと弁えます」

「私は主人じゃないのに……」

複雑な思いを抱（いだ）きつつも、二人で大型の馬車へと向かう。

落ち着いた臙脂色（えんじいろ）で統一された車内は、外観通りにたいへん広い造りになっていた。

他のものと比べて天井が高く、リネットの身長なら普通に立っても余裕があるほどだ。しかも、向かい合わせで設（しつら）えられた座席は弾力があって、高級ソファのような座り心地のいい素材でできている。

「こんなに広くて快適な馬車、初めてです」

「ええ、本当に。これならば、王太子殿下でも安心して乗れますね」

「そういうことだ」

ふかふかの席を堪能（たんのう）していると、ちょうど背後からアイザックとレナルドも合流したらしい。状況によって変わるだろうが、馬車は基本、四人で一緒に乗って行くようだ。

軍部でも長身で、かつ筋肉質な体つきをしている二人だが、一緒に乗っても座席は全く狭く感じなかった。

「この馬車は殿下基準で造ったものですからね。無駄に上背（うわぜい）があるので大変でしたよ」

「レナルドだって大して変わらないだろう」

軽口を叩（たた）きあう二人だが、長い足がぶつかることもない。馬車というよりは、高級な宿でくつろいでいるような気分だ。

「なんだか、ますます楽しみになってきました」

「それはよかった。座席も新しく張り替えましたから、今回の往復は気持ちよくすごせると思いますよ」

気持ちが浮き立って、足がそわそわと動いてしまう。

片道十日以上と聞いた時は少し身構えたが、馬車の道中も楽しいものになりそうだ。

「皆様、いってらっしゃいませ！」

扉を閉めると、見送りの大きな声が聞こえてきた。まだ夜が明けていくらも経っていないのに、出発の場には多くの部下たちが集まってくれている。

「はい、いってきます！」

その全員に届くように声を張り上げて、リネットはしっかりと窓から手をふる。

高らかな嘶きを響かせる護衛役の部下たちは、前に二騎と後ろに一騎。

そして、四人を乗せた馬車は、朝日の輝きに向かって走り始めた。

＊＊＊

リネットの期待通りに、馬車の旅はとても快適なものだった。

まだ雪が残っているので揺れることを覚悟していたのだが、穏やかな走行の上に休憩も多くとってくれたおかげで、腰やお尻が痛くなることもない。

さらに、道中で町や軍の施設に止まる度に人々が歓迎してくれるので、出発からずっと嬉しい気分が続いている。

(やっぱり外に出てみないと見えないこともあるものね)

立派な王太子妃に、と最近は貴族向けの知識や技術ばかりを学んでいたが、一番大切な国民の様子を見ることができた今回の旅は、とても良い体験だと思う。

招待してくれたソニアには、改めて感謝を伝えたいところだ。


そうして続けてきた馬車の旅も、ついに十日目。

予定よりも少し早く国境を越えた馬車は、いよいよマクファーレンの王都に入っていた。

「リネット、外を見てみろ」

時刻はまたも早朝。夜明けとともに宿を出て、馬車を走らせていた一行だったが、唐突にアイザックが遮光用のカーテンを思い切り開いた。

「……わ、あ!!」

途端に差し込んだ朝日の眩しさに驚いたのも束の間、そこに広がっていたのは、どこまでも続く一面の深い青。

陽光を反射して輝くその景色は、リネットが生まれて初めて見る『海』だった。

「すごい……なんて大きいの。果てが見えない……！」

太陽とともに色を変えていく空とは対照的に、海の青はどこまでも変わることなく、優雅に波打っている。

これまで大きな湖は見たことがあったが、それとは全く違う圧倒的な景色に、リネットはただただ魅入ってしまう。

「海に面した国だとは知っていましたが、これほど大きなものなのですね」

「おや、カティアさんも海は初めてでしたか」

「はい、お恥ずかしながら。本当に見事な景色です」

隣でレナルドとカティアが会話をしているが、それすらも今のリネットの耳にはあまり入ってこない。

視界を埋め尽くす青に、釘付けのままだ。

やがて、馬車が城下町の中に入って海が見えなくなるまで、リネットは目に焼き付けるように海を眺め続けていた。

「すみません、すっかり魅入ってしまいました……」

「いや、初めて見るならそうなるだろう。喜んでもらえたなら何よりだ」

海が見えなくなってようやく正気に戻ったリネットは、アイザックたちを無視してしまったことにまず頭を下げた。

多分、話しかけられてはいなかったと思うのだが、大事な旦那様を放置して景色に没頭してしまうなんて、新婚の妻としては由々しきことだ。

「でも、本当にきれいでした。あんなに沢山の水、どこから集まったものなんでしょう」

「どうだろうな。山の水のように、雨や雪が集まったものとはまた違うと思うが」

「海の水って、塩が混じっていてしょっぱいのですよね？　不思議です」

ロッドフォードにいたらまず考えもしない話題を、レナルドとカティアも微笑ましく見守ってくれている。今回の旅は、道中だけでも発見の宝庫だ。

（これから、もっともっと新しいものを見られたら嬉しいな）

リネットの気持ちに応えるように、馬車は安定した速度で朝の王都を駆けていく。窓から見える範囲だが、この町は白い建物が多いようだ。

形も箱のような四角のものがほとんどで、三角の屋根が定番だったロッドフォードとは、また違った様相を見せている。

そうしてしばらく白い町並みを走っていくと、今度は長い石橋へと差しかかる。

下は海水を引き入れた運河になっているらしい。小舟で荷物を運ぶなんて、海沿いの国ならではのやり方だ。

「……っ！」

その橋の先に、恐ろしく高く、堅牢な城壁が見えてくる。

山を切り崩して建てたロッドフォード王城は、自然がそのまま要塞となっていることもあり、城壁はそれほど高くなかった。

けれど、こちらは周囲を完全に覆い尽くしており、中にあるだろう城の姿は全く見えない。わかるのは円筒状の見張り塔と、拒絶するようにそびえたつ巨大な壁だけだ。

「す、すごい……」

近付いてみると、大きいと思っていた馬車がおもちゃのように感じてしまう。恐らく、この馬車を十台縦に積んでも、城壁のてっぺんには届かなさそうだ。

「ここが、マクファーレン王城か」

「噂には聞いていましたが、さすがですね」

どうやらアイザックたちも、ここに訪れるのは初めてらしい。

アイザックの体質で社交を避けていたのもあるが、一番大きな理由は多分、不戦条約のきっかけとなった国境の町への強襲だろう。

数年前、突然マクファーレン側から仕掛けられた襲撃により、ロッドフォードは少なくない被害を受けている。

アイザックによってこちらが勝利を収めたこの戦い以降、何かあればマクファーレンがロッドフォードへ訪れるのが当然の流れになったため、こちらが訪問する機会がなかったのだ。

なお、その強襲の黒幕であった第一王子はアイザックに二度敗北し、廃嫡されているので、今回の訪問でも会うことはないはずだ。

「これは、ロッドフォードの！　ようこそお越し下さいました！」

鎧を着込んだ門番は、馬車の紋章を確認すると、すぐに門を開いてくれた。〝剣の王太子〟の招待は、ちゃんと末端まで伝わっているようだ。

（中も広いな……）

門を抜けた先には、石畳の道ときっちり整えられた巨大な緑の園が広がっている。ちょうど中間地点には円形の噴水があり、正しくお手本のような美しい庭だ。

その広い庭を越えた先に、やっと目的のマクファーレン王城が見えてくる。

町の建物と同じように青みがかった白を基調としており、大きな箱をいくつもくっつけたような、全体的に四角い印象の城だった。

（マクファーレンって、尖った建物が少ないんだ。それにしても、すごいお庭）

つい窓にべったりと張り付いて、外を窺ってしまう。どこを見てもロッドフォードの建築物とは違うので、とても新鮮な気持ちだ。

そうして走らせること、しばらく。リネットたちを乗せた馬車は、ようやくマクファーレン王城に辿りつくことができた。

「ここがソニア様の……」

アイザックに手を引かれて馬車を降りれば、途端にロッドフォードとは違う空気が鼻をくすぐる。

国境を越えてから少しずつ強くなってきたそれは、恐らく潮の香りなのだろう。嗅いだことのない、なんとも不思議な香りだ。

「マクファーレンはやはり、うちよりも暖かいですね。すごしやすくて助かります」

「そうですね。ショールはいらないかもしれません」

心地よさそうに目を閉じるレナルドに、リネットも同意を返す。

緑の庭園が示す通り、こちらは春に向けて着々と暖かくなってきているようだ。未だ雪が解けきらないロッドフォードより、ずっと気温が高い。

まだ太陽が低いので肌寒さはあるが、昼になったら上着はいらなそうだ。

「アイザック君、リネットさん！」

異国の空気をのんびり堪能していると、ふいに頭上から聞き慣れた声が響いた。

庭から城の入り口へ上がるための石造りの階段、その頂上から、見覚えのある人物がこちらへ向かって駆け降りてきている。

「あ」

アイザックを『君づけ』で呼ぶ者など、一人しかいない。

軽やかに駆けてくるその人の名を、リネットが呼ぼうとした、直後。

「ようこそマクファーレンへ！　会いたかったよハニー！」

残っていた五段ほどをぽんと跳び越えた女性が、思いっきりリネットに抱きついてきた。

「お、お久しぶりです、ソニア様！」

とっさに抱きとめれば、アイザックとは違う香りがリネットを包む。衣服ごしでも伝わる柔らかな感触は、間違いなく女性のものだ。

「急に呼んですまなかったね。長旅お疲れ様！　ああ、キミに会えない日々は寂しくて、世界から色がなくなってしまったようだったよ！」

リネットよりも少し上から降ってくる声は、舞台の脚本か何かのようだ。加えて、彼女……ソニアも演じているように喋るので、つい笑ってしまう。

冬の間会えなかったが、彼女は全く変わっていない。

「おい、俺の妻に気安く触るな」

「おっと」

再会を喜んだのも束の間、アイザックのたくましい腕がリネットの体を横からひょいっとさらっていく。

取られてしまったソニアも、そのやりとりを楽しむように頬をゆるませた。

――この嵐のような登場をした女性こそが、リネットたちを招待したマクファーレンの第一王女であるソニアだ。

黒に近い緑色の髪を一つに束ね、涼やかな琥珀の瞳でリネットたちを見つめる美女……なのだが、装いはやはり、軍服を元にした男装である。

今回は白を基調とした上着で、以前見たものと同じように煌びやかな金の刺繍が施されている。背中に外套もついており、ますます勇ましい装いだ。

「相変わらずだな、男装王女。元気そうで何よりだ」

「アイザック君も、本当によく来てくれたね。キミのことも抱き締めてあげたいけれど、ボクが男性のキミに触れると、可愛いハニーたちが嫉妬してしまうからね」

「頭も相変わらずのようだな」

白手袋に覆われた指先を額にそえて、大仰に首をふるソニアに、アイザックは何とも言えない表情でため息をつく。

男装だけでも変わっているが、ソニアの言動は妙に芝居がかっているのが特徴だ。ついでに自己愛も強い。

眺めている分には『面白い方だな』で済むのだが、深く関わると大抵の者が対応に困ってしまうのが難点である。

もっとも、その部分も含めて、リネットはソニアを好ましく思っている。変わっていない彼女に、安心したぐらいだ。

「ソニア殿下、そちらですかー！」

「おや」

そうこう話していると、先ほどソニアがやってきた方向から、侍女と思しき者たちの声が聞こえてくる。

アイザックとソニアは顔を見合わせると、次の瞬間には王族らしいピシッとした姿勢で、お互いに頭を下げた。

「遠路はるばるようこそお越し下さいました、アイザック殿下」

「この度はお招き下さり、ありがとうございます。記念すべき日に立ち会えることを、心より光栄に思います」

続けて、何事もなかったかのように形式じみた挨拶を交わす。

この場面だけ見れば、美貌の王族同士による非の打ちどころのないやりとりだろう。

現に、二人の姿を階段上から見つけた城勤めの者たちは、頬を染めて立ち止まっている。

「……最初からそれをやっていただけませんか」

「ははっ、すまないね側近殿。つい再会の喜びが先行してしまったんだ」

レナルドの的確すぎるつっこみに、今度はリネットとカティアが顔を見合わせて、そっと苦笑を浮かべた。

　さて、気を取り直してマクファーレン王城だ。

　ソニア直々の案内で足を踏み入れると、まずエントランスで出迎えたのは、リネットの身長の五倍はありそうな大きな絵画だった。

「……きれいな絵」

　恐らく、建国当時のマクファーレンを描いたものだろう。多くの人々が祝福するように囲んでいるのは、今も遜色ない白亜の四角い城だ。

　視線を上げれば、はるか高い天井から雫を模したシャンデリアがいくつも下がっている。一面に海中の景色が描かれた壁には、等間隔で波の模様の金装飾が施されており、非常に芸術性の高い内装のようだ。

「とても素敵なお城ですね。時間を忘れて見入ってしまいそうです」

「気に入ってくれたなら嬉しいよ。こだわりがあるのはわかるけれど、ずっと暮らしているとどうしても見慣れてしまってね」

　リネットが素直に感想を伝えれば、ソニアはやや照れたように微笑んでくれる。

　マクファーレンに来てからというもの、見るもの全てが珍しくて輝いている。隣に誰もいなかったら、きっと駆け寄って眺めていただろう。

　だが、今のリネットの立場はロッドフォードの王太子妃だ。国の名前を背負って招かれた以上、恥ずかしい真似はもちろん許されない。

「くく……大丈夫か、リネット」

　エスコートしてくれるアイザックの声には、笑いを堪えたような吐息が混じっている。

　隣にいる彼にははしゃぐ気持ちがバレバレだったようだが、改めて姿勢を正して、リネットはにっこりと淑女らしい笑顔を作った。

「大丈夫です、抑えます。アイザック様の恥になるなら、潔く処刑台に上がりますから」

「それは俺が許さないが、もう少しだけそれっぽくふるまっていてくれ。式典が終わったら、また見学の時間をとれるように頼んでみよう」

「はい、ありがとうございます」

　楽しみが多いのは嬉しいが、誘惑が多すぎるのも困ったものだ。

　きょろきょろしたい欲を気合いで抑え、先導するソニアの背をなんとか追いかける。

　リネットたちの背後では、笑いの沸点が低いレナルドが堪えているような様子が窺えたが、今は気付かなかったふりをしておこう。

「おや、担当者がいないな」

　案内されて歩くこと十分ほど、階段の途中の踊り場……と呼ぶには少々広すぎる休憩場で、ソニアが足を止めた。

どうやらここで、リネットたちの客間を任せる者と合流予定だったようなのだが、迎えてくれたのは空っぽの椅子だけだ。

「俺たちが早く来すぎてしまったか？」

「いや、支度の前に休んでもらいたいし、ちょうどいい時間だったよ。すまないが、少しここで待っていてくれるかな」

言うが早いか、ソニアは軍靴の音を響かせながら階段を駆け上がっていってしまった。

招かれた側であるリネットたちは、待てと言われればもちろん待つしかない。

「何かあったのでしょうか」

「さてな。別に俺たちは困らないが、あちらの面子の問題だろう。リネットにもカティアがついているし」

カティアに目配せをしてみれば、彼女も眉を下げて首肯を返す。

そういえば、かつてリネットたちも、突然訪問したソニアのための侍女の手配に困った覚えがある。いくら当人たちが困らなくても、客人を迎える国が相応しい世話役を用意するのが『面子』なのだろう。

「おおかた、準備で人手が足りていないんじゃないか？　俺たちは待てばいいだけだ」

「そう、ですね」

アイザックに手を引かれるまま、リネットも踊り場の椅子にゆっくりと腰を下ろす。

何事もなければいいのだが、何分初めて国賓として訪れる場所だ。予期せぬことが起こると、ささいなことでもつい不安に感じてしまう。

（アイザック様が言う通り、人手が足りないとかそういう単純な理由だといいけど）

淑女らしい姿勢を崩さないよう気をつけながら、そっと上を見る。

踊り場の上階の天井は、飾りガラスになっているようだ。差し込む日差しが美しくて、緊張していた気持ちが少しずつ落ち着いていく。

本当にこの城は、少し見ただけでもとても美しいところだ。こんな場所で育ったのなら、皆まっとうな心根に成長しそうなものなのに。

（でも、件の元第一王子みたいな人もここで育ったのよね。どれだけ環境が美しくても、結局は受け取る人次第なのかしら。もったいないわ……）

とりとめのないことを考えてから、ゆるく首を横にふる。

今回のリネットの務めは、立太子式の夜会で王太子妃らしくふるまうこと。それが最優先だ。

夜会が無事に終わったら、ソニアにこの国の色んなものを見せてもらおう。きっと素晴らしい思い出になるはずだ。

（頑張ろう、私！）

ぎゅっと一度目を閉じてから、決意を込めて目を開く。

――次の瞬間、何かの大きな瞳とぱっちり目が合った。

「え?」

思わず声を上げてしまえば、すぐ隣のアイザックが喉を鳴らす音が聞こえてくる。

……改めてよく見ると、リネットと目が合ったのは、空中に浮いている魚だった。

ただし、向こうの景色が半分透けている。

「あ、あの、これは?」

「なんだか暗い顔をしていたから、気分転換になればと思ってな。ただの幻だが」

「幻……ってことは、このお魚は魔術なんですね!」

驚きの声を上げるリネットに、アイザックがゆるりと頷く。

(そっか、マクファーレンには魔素があるから!)

すっかり忘れていたことを思い出して、アイザックと魚を何度も見比べる。

ここはロッドフォードと違って、空気中に魔素が存在する。つまり、魔術師は己の意思で、いつでも魔術を使うことが可能なのだ。

そしてアイザックは、無意識下で魔術を発動し続けられたほどの、驚異的な力と才能を持っている。その強さは、魔術師協会の幹部である某国の王子も認めるほどの天才的なものだ。

「魔術って、こんなこともできるんですね」

「ああ。基本的に俺は、リネットの役に立つ魔術しか覚えていないが、気まぐれに覚えたものが役に立ったな」

魚はリネットを楽しませるように、ふわふわと優雅に空中を泳ぐ。美しい城の内装も相まって、夢のような光景だ。

「早速マクファーレンの空気に馴染んでいるとは、殿下はさすがですね」

「不本意ながら、俺も魔術師らしいからな。正直に言って、魔素のある空気は扱いやすいぞ。お前たちは体調に問題はないか？」

「ええ、今のところは」

魚の幻を一緒に楽しんでいたカティアも、アイザックの問いにしっかりと頷いて返す。

グレアムのように魔素を受け付けない体質の者には、この国の空気は毒になってしまうが、二人はリネット同様に魔術を見ても楽しめる側の人間だったようだ。

「そういえば、マクファーレンは魔術を重用する国でしたね。王城にも魔術師が多いかもしれないのに……。殿下やリネットさんはともかく、私たちはもっと早く確認するべきでした」

「国に入った時点で問題なかったから、大丈夫だろうとは思っていた。それに、魔術師でなくとも、魔術自体は当たり前に使われているしな」

「え？」

すいっとアイザックが顎で示した先を追うと、そこには金色の受け皿のようなものが壁にかかっている。

普通に考えれば灯りだ。てっきり蝋燭などの燃える物や油などが入っていると思ったが、よく見れば何もない場所に光の玉が浮かんでいる。

「あの灯りも、魔術なんですか？」

「魔術だな。こういった物が、あちこちにあるぞ」

言われてリネットも視線を巡らせると、確かにロッドフォードでは見かけないものがあちこちにある。

誰も触っていないのに柱が光っていたり、水が流れていたり。踊り場から出て覗いてみれば、使用人用の通路の奥には、荷物を運べる昇降機なるものもあった。

（あれって、結婚式でアイザック様がやろうとしたゴンドラの業務版よね？　魔術って、本当に色々できるんだ）

重い荷物を上階に運ぶのは重労働だ。それを魔術によってさっと持ち上げられるなら、とても羨ましい。

ロッドフォードにとって魔術は歓迎したい技術ではないものの、便利なものはできれば取り入れていきたいところだ。

「便利そうでいいですね、あれ。魔術なしでも作れないかな……」

「できなくはないだろうが、魔術を使ったほうが便利だな。いざとなれば、俺が術式を組んで魔導具として造ってもいいが」

「それは最終手段として、とりあえず仕組みを教えていただいて帰りましょうか」

アイザックは本当に素晴らしい人だが、彼がいる間しか使えない技術では意味がない。

しかし、魔術の部分を抜きにしても、新しい技術にはときめくものだ。リネットの後ろでは、珍しくレナルドやカティアも興味深そうに王城の設備を見つめている。

「すまない、待たせたね！　担当の者を連れてきたけど……どうかしたのかな？」

そうこうしていれば、ソニアが踊り場に戻ってきた。恐縮した様子の黒い燕尾服の男性と、女官のようなちゃんとした装いの女性の二人を引き連れて。

「この国の技術が少し珍しくて、見学させてもらっていた。そちらは大丈夫なのか？」

「ああ、なるほど。こちらは問題ないよ。彼らがキミたちの客間の階の担当者だ。問題があったら、ボクでもこの子たちにでも遠慮なく言ってくれたまえ！」

ソニアは一瞬驚いたようだが、すぐに捜していた担当者を紹介してくれる。

紹介を促された二人は、まず男性のほうが名乗ろうと動いたのだが……、

「ようこそお越し下さいました、ロッドフォードの皆様。ソニア殿下より、お話はよくお聞きしております。マクファーレンでの滞在が快適なものになりますよう、誠心誠意努めさせていただきますね」

「お、おい、お前……！」

何故か男のほうを遮って、女官のほうが丁寧な挨拶をしてくれる。所作だけみれば、カティアにも負けず劣らずのちゃんとした人物のようだが、別に割り込む必要はないはずだ。

「えっと……？」

リネットがソニアを窺うと、彼女も少し困ったように苦笑を浮かべている。

もしかして、彼らは仕事の取り合いのようなことをしていて、待ち合わせに遅れてきたのだろうか。

「ソニア王女、本当に大丈夫なんだな？」

アイザックも、先ほどとは別の意味の『大丈夫か』で念を押すと、形だけは鋭い視線を二人の担当者にじっと向ける。

「も、もちろんでございます、剣の王太子殿下」

「はい。何かお困りのことがございましたら、いつでも控えておりますす侍女たちにお申しつけ下さいませ」

片方は少し怯えた様子で、もう片方は自信満々に頭を下げる。態度の違いは少々気になるが、ひとまずはその言葉を信じるしかなさそうだ。

「……そうか。早速だが、客間へ案内してもらえるか？」

「はい、ただいま！」

アイザックが促すと、二人はすっと姿勢を正して階段を上って先導していく。

ソニアも軽く息をついたが、特段気にした様子はなさそうだ。

（ソニア様が変な人を担当につけるとも思えないし、大丈夫よね）

「ところでリネットさん、キミの後ろの魚はキミのものかい？」

「え？　あっ！」

ふいに指摘されて、リネットは慌ててふり返る。アイザックが出してくれた半透明の魚が、ぷかぷかとリネットの後ろを泳ぎながらついてきていた。

「す、すみません！　待っている間に、アイザック様が出してくれた幻なんです。ソニア様に魔術はよくないですよね？」

「ははっ！　ボクなら問題ないよ。今は〝よく効く薬〟を飲んでいるからね。それにしても、愛らしい魚だ。できればボクが、キミをもてなすために出してあげたかったよ、ハニー」

バッと大仰なポーズを決めたソニアの周囲を、天井から差し込んだ日差しが彩る。言っている内容はともかく、空元気というわけでもなさそうだ。

（よく効く薬か。そういうものがあるなら、よかったわ）

客人として来たのだから、リネットたちがソニアに迷惑をかけるわけにはいかない。

ほっと息をつけば、応えるように魚の幻もくるりとターンを決めていた。


さて、態度こそ怪しかった二人の担当者だが、案内された客間はそれはそれは豪華な素晴らしい部屋だった。

まず、リネットが暮らしている王太子妃の部屋の、ゆうに二倍以上の広さがある。

象牙色の壁紙には端まで美しい模様が施されているし、大きくとられた窓のおかげで部屋全体が明るく、温かい印象になっている。

調度品はシンプルな意匠ながら、良い材木を使っているのがすぐにわかる一級品ばかり。ソファやカーテンといった布物も、手触り抜群だった。

さらに驚くのが、一室でも充分すぎるほど広いのに、寝室はまた別なところだ。

続き間になっている隣室には、大人が並んで四人は寝られそうな特大ベッドが鎮座している。

こちらも毛布、布団ともに最高の手触りで、気を抜いたら今にも眠ってしまいそうだ。

「また良い部屋を用意してくれたものだな」

「当然だよ！　キミたちは大切なお客様だからね」

生粋の王族であるアイザックも、この部屋には満足したようだ。

ちなみに、護衛役であるレナルドと部下三名、リネットの侍女代わりのカティアは、この客間を真ん中にした左右にそれぞれ部屋を用意されているらしい。何かあったら、すぐに駆け付けられる位置ということだ。

「アイザック君ならいらないとは思うけど、廊下に警備も配置しているから、何かあったら使ってくれたまえ」

「了解した。俺の部下もいるし、まあ何もないとは思うがな」

「ああ、本当にね」

軽い様子ながら意味深な言葉を交わすと、ソニアは手をふりながら去っていった。「また夜に」と、口調だけは普通に。

「元気だと思ってたんですけど……ちょっとだけ、疲れましたね」

「そうだな」

扉が閉まるのと同時に、リネットの緊張の糸がぷつんと切れて、そのままソファに座り込んでしまう。

初めての異国、初めて見る様々なもの。素敵なものをそわそわしながら楽しんでいたが、やはり十日に及ぶ長旅はそこそこたえていたようだ。

「いい部屋を用意してもらえてよかったな。ゆっくり休んでから、準備をしよう」

「はい……」

リネットの隣に腰かけたアイザックに、ついもたれかかってしまう。

本当にこの部屋は申し分ない。欲を言えば、もう少しアイザックを歓迎してくれればリネットは嬉しいのだが、今回の夜会には他にも大勢の招待客がいるだろう。

アイザックたちだけに時間を割けというのは、ただのわがままだ。

「……さっきの人たち少し変でしたけど、ソニア様は大丈夫でしょうか」

「それはなんとも言えないな。忙しくて人手が足りないと思っていたが、どちらかと言えば仕事の取り合いのように見えたからな」

「やっぱりそうですよね」

つい沈んだ声が出てしまえば、アイザックが優しく頭を撫でてくれる。

剣の王太子と名高いアイザックの部屋付きになりたいと思うのは、わからなくもない。王族の世話を任されたとなれば、箔が付くのも確かだ。

だが、それでソニアに迷惑をかけるのは違うし、彼らの態度もついひっかかってしまう。

「まあ、きっと大丈夫だろう。客人の俺たちはもてなされるのが役目だしな。この国のことは、あの男装王女に任せるとしよう」

「迷惑はかけたくないんですが、仕方ないですよね……」

アイザックの言う通り、客人はもてなされることが仕事みたいなものだ。ここで口を出したら、かえって失礼になってしまう。

「でも、今日の夜会は立太子式ですよね。ソニア様が主役の式典なのに、ソニア様を困らせてしまうのは、やっぱり申し訳ない気がします……」

「難しい話だな。そもそもこの国は、俺と違って王位継承の権利者が多かった。使用人たちにも、その辺りの派閥争いがあるのかもしれない」

ロッドフォードの王太子であるアイザックは、現王の唯一の息子であり、彼が王位を継ぐことは最初からほぼ決まっていた。

しかしマクファーレンは、国王の子どもが何人もいる。さらに、複婚を許している国のため、母親の立場や家なども継承の基準にかかわってくるのだ。

権利を持つ者が多ければ、争いの可能性も比例して増えてしまう。そして、それぞれに付く者たちも加われば、その規模はどんどん大きくなるだろう。

「まあ、あの王女なら大丈夫だろう。それよりも、お前が王太子妃として初めて参加する催しだぞ。そちらの覚悟を決めたほうがいいんじゃないか？」

「うっ！　た、確かに」

なんとなく意地悪な言い方で指摘したアイザックに、リネットは深く頷く。

準備と訓練はしてきたが、自分が完璧な王太子妃かと問われれば、まだ首をかしげる程度の仕上がりだ。

しかも、マクファーレン王城にはリネットを誘惑するものがとても多い。

気を張っていないとすぐはしゃいで見学したくなってしまうのに、他人のことを気遣う余裕などあるはずがない。

「すみませんでした。私は私のなすべきことを最優先に考えます！」

「そうして下さい、リネットさん。兄さんは義妹の素敵な姿を楽しみにしていますよ」

「ううっ」

頭を下げるリネットに、レナルドも追い討ちをかける。淑女教育の師であったレナルドのチェックも入るとなれば、これはもう死ぬ気で挑むしかなさそうだ。

「リネット様、お茶でも淹れましょうか?」

「お願いできますか? カティアさんも一緒に少し休みましょう。休んで、気持ちが切り替わってから、準備をお願いします」

「かしこまりました」

空気を読んで動いてくれたカティアに感謝しながら、リネットは座り心地のよいソファにぽすんと背中を預ける。

今は王太子妃としてふるまうことのみを考えよう。きっとそれが、最善の答えだろうから。

＊＊＊

来て早々にひっかかる点はあったが、客間に入ってからは特に問題もなく、リネットたちはしっかり休んでから夜会の準備をすることができた。

ずっと軽装だったこともあり、支度を手伝ってもらうのも久しぶりだ。

「ドレスを着ると、身が引き締まる気がしますね」

「よくお似合いですわ、リネット様」

軽く掴むと、何枚も重ねた裾がふわりと広がる。

アイザックと一緒に参加する夜会では、リネットのドレスは基本的に彼の色である赤だ。

ただし、今日の主役はソニアであって、リネットはあくまで客人の一人。派手で目立ちすぎる真っ赤なドレスなどを着ていたら、それこそ失礼になってしまうだろう。

「これぐらいなら大丈夫かしら……」

そんなわけで、カティアやシャノンと相談しながら決めたドレスは、彩度が低く、紫がかった木槿（むくげ）の花の色のドレスだ。

生地だけで見るとかなり地味だが、薄布を重ねて華やかさをだし、かつ胸元や腰のラインには布で作った薔薇（ばら）が咲いている。

派手すぎず地味すぎずの、絶妙な塩梅（あんばい）だと思われる。

「俺としては、もう少し赤が強い色のほうが好きなんだが」

「それだと目立ちすぎちゃいますから」

最後の調整をするカティアの背後では、とっくに準備の終わったアイザックが若干（じゃっかん）残念そうにリネットを眺めている。

彼は今回も式典用の紺色の軍服に深紅（しんく）の外套を合わせた、ほぼいつも通りの装いだ。

別の礼服を用意してもいいとは思うのだが、〝剣の王太子〟として軍装で臨（のぞ）んだほうが牽制（けんせい）になって良い、とのことだ。

（悪い元第一王子はいなくなったんだから、もう牽制はしなくてもいいと思うんだけど）

もしかしたら、単に着飾るのが面倒なだけかもしれないが、アイザックは素材が最高にいい男なので、何を着ていても様になっている。

「はい、お待たせいたしました。苦しくないですか？」

「ばっちりです！　いつもありがとうございます」

カティアが離れるのを確認してから、リネットは淑女の礼をもって感謝を伝える。

きっちり締めているはずなのに、苦しくもなければ着崩れもしない。やはりカティアの腕は素晴らしい。

「お前がついて来てくれてよかった。俺からも礼を言わせてくれ」

「もったいないお言葉です殿下。リネット様を着飾るのは、わたくしの仕事ですもの！」

ぐっと拳(こぶし)を作って応えたカティアに、アイザックも笑って返す。

着飾りたがるところはどうかと思うが、こうして支えてもらえるのはありがたい話だ。

「さてリネット、今夜もなるべく俺から離れないようにな。変な虫がついたら困る」

「既婚者にどんな虫がつくんですか。私は、貴方(あなた)の妻ですよ」

「ああ。俺の大事な妻だ」

差し出された手に自分の手を重ねれば、反対のアイザックの手が腰へと回される。

あんまりくっついていてもよくないが、新婚を免罪符(めんざいふ)にすれば、少しくらいは許してもらえるかもしれない。

「いってらっしゃいませ。良い夜を」

カティアに見送られて客間を出れば、廊下にはすでにレナルドが待機していた。

彼もまた、いつもよりも装飾が多い式典用の軍装だ。

「そういえば、レナルド様のお相手探しは進んでいるんですか？」

「進んでおりませんが、どうぞお気になさらず。今夜の私は護衛です。ええ、職務で同行するだけですから」

せっかく夜会なのだから、出会いを探しては……とリネットが提案する前に、きっぱりと断られてしまった。

筆頭貴族の跡取りのレナルドは、他国の貴族から見ても相手として不足はない。

その上、大層な美貌の持ち主なので、きっとマクファーレンの女性たちも喜ぶとは思うのだが、本人にその気はなさそうだ。

「私のことはどうでもいいんですよ。しっかりやって下さいね、リネットさん」

「は、はい！」

仕返しとばかりに念を押されて、リネットは頭を何度も縦にふる。

なんと言っても、ソニアの大事な式典だ。水を差すような真似は絶対にしたくない。

「そんなに気負う必要もないとは思うが。さあ、行こう」

客間の中は静かだったが、廊下に出ればあちこちから声が聞こえてくる。

きっと盛大だろう夜会に緊張と期待を抱きながら、三人はゆっくりと歩き出した。

夜会の会場は客間とは別の棟にあり、外観からして古代の神殿のような厳かな雰囲気のところだった。

柱などは全て、彫刻で飾られた大理石。さらに室内だというのに、小型の噴水があちこちに設置されている。水を使って楽しませるのは、海沿いの国ならではだろう。

（白いものが多いのは、マクファーレンでは特別な色だからかしら）

そういえば、今夜の主役のソニアも白を基調とした軍装だったので、意味がありそうだ。文化の違いを見つけると、つい楽しくなってしまう。

「それにしても、人が多いな」

手を引くアイザックが、ぽつりとこぼす。

会場が広いので窮屈さは感じないが、確かにどこを見ても必ず客人が視界に入ってくる。中には、見たことがない不思議な服装の者や、聞いてもさっぱりな言葉を話す者もいる。この大陸の共通言語と違うのなら、別大陸からの客人だろうか。

「港のある国は、やっぱり異国の方も多いですね」

「そうだな。ヘンシャル側にも港はあるが、こちらのほうが規模が大きい。それに、大国エルヴェシウスが近いというだけでも、人の出入りは相当だろう」

魔術にかかわる者がな、とアイザックはわずかに眉を下げる。

そう考えると、山岳地帯で交流手段が乏しい上、魔術が使えないロッドフォードは、外国との繋がりが希薄でも当然なのかもしれない。

不便に感じることも、国から出たいと思うこともなかったが、こうして外の世界を見てみると、少しだけもったいない気もしてくる。

(兄さんを含め、魔術に耐性が低い人もいるし。無理強いをするつもりはないけどね)

しかし、昼に見た便利な技術のように、取り入れられるものは何とか取り入れていきたいところだ。

「そうだ、魔術で思い出しました。ソニア様の体質は、大丈夫でしょうか。お薬が効いているとおっしゃっていましたが」

リネットがはっと顔を上げると、アイザックはなんとも言えない表情で「うーん」と呟く。

魔素があるから行かないと言ったグレアム同様に、ソニアもまた、魔素や魔術を受け付けない体質を持っている。

通称『魔術不耐症』と呼ばれるもので、魔術を受けると体調を崩してしまうらしい。

ソニアに対して悪意を持った魔術であれば、場合によっては命にもかかわるほどだ。彼女がロッドフォードに滞在していた時も、それで倒れてしまっている。

「お城の設備の魔術は大丈夫そうでしたが、王太子になったら悪意を向けられる機会も多いですよね？　そのお薬でなんとかなるんでしょうか」

「断言はできないが、多分大丈夫だと思うぞ。ファビアン殿下が渡している『症状を抑える薬』は、以前よりも効果が上がっているはずだからな」

「そうなんですか？」

やはりソニアが言っていた薬は、ファビアン……魔術大国エルヴェシウスの王子から受け取っているものだったようだ。

話を聞いたのは、今から数か月前の結婚式の頃。

式の招待状を送ったファビアンとソニアが、二人そろって挙式の一月前にやってくるという珍事をしでかし、色々と忙しかったのは記憶に新しい。

その時に、ソニアを足代わりに使ったファビアンが交換条件として渡していたのが、アイザックの言った症状を抑える薬だ。

「研究熱心なあの方のことは察せられますが、アイザック様もよくご存じですね」

「いや、俺とマテウスが少し噛んでいる」

「は!?」

何を言いだすのかと思いきや、どうやらアイザックは例の薬を独自に解析していたらしい。

薬学の専門家でもある、マテウスとともに。

その理由は、魔術不耐症のソニアに効くのなら、グレアムたち『梟』にも効くのではと、試したかったのだそうだ。

（確かに、兄さんたちが魔術の耐性を高められれば、めちゃくちゃ効率が上がるわ）

グレアムを含む『梟』は諜報員としてとてつもなく有能だが、魔術への耐性が低いせいで行動範囲が国内に限られてしまっている。

これさえ克服すれば、さらにあちこちで活躍できるだろう。

「魔力を込める部分は俺が解析できたが、試しにマテウスに見せてみたら、あいつがもっと効くように調合を変えてくれてな」

「あの方も、なかなかすごいですね」

まさか、ロッドフォードでほとんど知られていない魔術の薬をいじるとは。さすが、アイザックと同じ血筋なだけはある。

「とにかく、今のあの薬は症状を抑えるだけでなく、少しずつ体質を改善する効果が備わっているはずだ。ファビアン殿下経由で、ソニア王女が治験に協力してくれていると聞いたからな。以前ほど魔術を恐れる必要はないと思うぞ」

「いや殿下、王族を被験者にしないで下さいよ。と言いますか、貴方まだファビアン殿下と文通を続けていたんですか」

「文通って言うな」

つい、といった感じでレナルドがつっこみを入れると、アイザックも嫌そうに息を吐く。

何にしても、ソニアに良い効果が出ているなら素晴らしい話だ。

開発にかかわっているのがほぼ王族なんて恐ろしい事情も、成果さえ出れば誰も咎めないだろう、多分。

「アイザック様は本当に、色んなところで色んな方を救ってますね」

重ねた手にきゅっと力を込めれば、途端に紫水晶の瞳が蕩ける。

これほど有能な旦那様の隣に立っているリネットは、きっと世界で一番幸せな妻だ。

(今だって、あちこちから視線を感じるもの)

立太子式がまだなので話しかけてくる者はいないが、アイザックが〝剣の王太子〟だと気付いており、声をかけたい者は沢山いるだろう。

これは、予想していた以上の覚悟をしたほうがいいかもしれない。妻として王太子妃として、毅然とふるまうという覚悟を。

「おっと、そろそろだな」

まばらに歓談していた者たちが、そろって移動を始める。護衛役のレナルドも、賓客たちの邪魔にならない位置まで下がったようだ。

やがて、自然と静まり返っていく会場の中央に、コツコツと足音が響く。

毛皮のついた白く長い外套を羽織って出てきたのは、やや細身の男性だった。若干白髪が混じっているが、髪の色は深い緑色であり、そこには金の王冠が輝いている。

(じゃあ、この人がソニア様のお父様の)

現在のマクファーレン国王だろう。病に臥せっていたという話は本当らしく、遠目でも頬がこけてしまっているのがわかった。

しかし、その眼光は鋭く、威厳を感じさせる佇まいだ。

「皆、今宵はよく集まってくれた」

広い会場に、国王の低い声が響く。内容は挨拶と謝辞というごく普通のものなのに、彼の声を聞いていると、意図せずとも背筋が伸びてしまう。

やはり、王冠を戴く人間というのは、普通の人とは違うようだ。

ふと視線を動かすと、少し高い壇上に着飾った女性たちが三人控えていた。ご令嬢と呼ぶには少々年上なので、恐らく国王の奥方たちだと思われる。

（本当に奥さんが何人もいるんだ）

一夫一妻が当たり前のロッドフォード人からすると、不思議な感じだ。

そして彼女たちの後ろには、同じように着飾った若者たちの姿も見える。男性が三人、女性が二人、いずれもソニアによく似た髪色をしているので、きっと王子・王女たちだ。

「あっ」

そんなことを考えていれば、国王とは反対側から、凛々しい姿の人物が歩いてきた。

長い足で淀みなく進む、真っ白な軍装の……女性。朝つけていた外套は外しているようだ。

「ソニア様……」

ソニアは国王の前まで辿りつくと、躊躇いなく跪く。それに応えるように、国王も傍にいた侍従らしき人物から、大きめの紙を受け取った。

二人の一挙手一投足を、会場中の皆が見つめる。

国王は小さく頷いてから、持っていた宣明書を両手でしっかりと掲げた。

「今日この時をもって、第一王女ソニア・ベラ・マクファーレンを王太子とすることを、ここに宣言する」

次の瞬間、はっきりとした宣言が静かな会場に通る。

――一拍待って、わっと割れるような拍手が響き渡った。

（ああ、よかった。ソニア様はちゃんと、祝福されて王太子になるんだ！）

なんだか自分のことのように嬉しくなって、リネットも思いっきり両手を叩く。

魔術不耐症のことだったり、異母兄弟に命を狙われたことだったり。不安に思っていたことが、全て解けていくようだ。

宣言を受けたソニアは立ち上がると、国王の手によって真っ白な外套を肩にかけられている。こちらに毛皮はついていないが、美しい模様と国の紋章が刺繍されたとても立派なものだ。今夜の軍装にも、非常によく合っている。

やがて、外套を翻したソニアが、皆に向かって深々と礼の姿勢をとった。

いつもの芝居がかった動きとはまた違う、男性らしくも女性らしくもある、ソニアらしい美

しい所作だ。

「男装の王太子も、なかなか様になるものだ」

祝福の拍手は、ますます大きくなっていく。

その音はしばらく止むことはなく、次代の女王を歓迎するように響き続けていた。

＊＊＊

さて、立太子式も無事に終わったので、ここからはいよいよ夜会の始まりである。

余韻に浸るように口を閉じていた客人たちも、次第にあちこちで挨拶を交わし始めている。

「失礼、ロッドフォードのアイザック殿下でお間違いないだろうか」

もちろん〝剣の王太子〟と名高いアイザックに挨拶をしたい者も山ほどいる。

我先に、と密かに攻防を繰り広げる様子を見なかったことにして、アイザックはすっとリネットの腰に手を回した。

さあ、ここからがリネットのお仕事だ。

正直に言って、見た目の美しさで勝負をするのは最初から捨てている。カティアの支度は完璧だが、残念ながらドレスや装飾で顔は変わらないのだ。

正しい姿勢、正しい挨拶の仕方、きれいに見える角度。そうしたことも、幼少からちゃんと学んでいる者ならできて当然だろう。

となれば、リネットができることは二つだけだ。

(決して卑屈にならずに、アイザック様の隣に立ち続けること。そして、この方と結婚できて本当に幸せなのだと、言葉以外で皆様にわかってもらうこと)

一歩間違えたら失礼になってしまうので難しいが、それでも、夫婦仲が良好であることはアイザックの評価に繋がるはずだ。

それに、ロッドフォードはあまり外国との交流がない。事象や産業、その他夜会で交わされる話題についても、最新の情報を入手できているとは言い難いのが現実だ。

だからこそ、こちらからペラペラと話しかけてはいけない。なるべく聞き手に回って、褒める時はしっかりと褒めて、微笑みを絶やさない。

なんとも無難な戦い方だが、これこそが最善策といえる。

(大丈夫よ、リネット。私を訓練して下さったのは、王妃様と公爵夫人。どちらも、社交界を統べる女傑よ！)

笑顔の後ろで、訓練の内容を何度も思い出す。

やがて、紹介を促すアイザックの目を見てから、リネットはすっと姿勢を整えた。

「お初にお目にかかります。妻のリネットと申します」

――夜会が始まってから、そろそろ二時間ぐらいは経っただろうか。

ひっきりなしにアイザックの元を訪れていた客人の列もようやく途切れて、今は束の間の小休止といったところだ。

会場の各所に用意された立食テーブルの元には、同じように休憩を求める者たちが集まっている。それなりの人数がいるが、皆、暗黙の了解のように話しかけるのを控えているようだ。

「すごかったですね……さすがです、アイザック様」

「俺は国外のこういう場に出ることがなかったからな。物珍しくて声をかけてきた者がほとんどだろう」

少しずつ果実水を口にするリネットに対して、アイザックはもう三杯目のワインを一気にあおっている。

お酒には強いので心配ないとは思うが、よほど喉が渇いていたのだろう。

「お疲れ様でした、アイザック様」

「リネットもな。別に心配はしていなかったが、ちゃんと〝らしく〟ふるまえていたぞ」

「それはよかったです！」

愛しい旦那様からの合格評価に、胸を喜びが満たしていく。

アイザックの半分も喋っていないので甘い判定だとは思うが、黙って話を聞く人間というのも必要なはずだ。

旦那様の評判を下げることがなければ、それで充分ともいえる。

「頑張ってくれてありがとう、リネット」

「……はい」

肩を抱き寄せられて、リネットも少しだけアイザックに身を預ける。

べったりくっつくのはマナー違反だが、少しぐらいは大目に見てもらおう。

そんな幸せな一時を中断するように、低く渋い声が耳に届く。

「おお、こちらにいたのか」

リネットよりも先にアイザックが顔を上げると、視界に入ってきたのは毛皮のついた美しい純白の外套と、同じく白一色で統一された礼服をまとう男性だった。

ソニアによく似た黒に近い緑色の髪をきっちりと撫で上げ、にこにこと笑いながらこちらに近付いてくる。その人物は、ほんの少し前に見かけたばかりだ。

(こ、国王陛下!?)

そう、ソニアの立太子を宣言した、マクファーレン国王その人だ。

小休止だとすっかり油断していたリネットは、慌ててアイザックから離れて礼の姿勢をとる。

今回ばかりは、アイザックも同様の対応だ。

周囲の空気は一瞬で張りつめて、他に休憩をしていた者たちが、そそくさと離れていくのが見えた。

「邪魔をしてしまってすまないな。どうか楽にしてくれ、剣の王太子殿下」

「では、お言葉に甘えさせていただいて」

　上に立つ者同士の特有の空気に、リネットはまだ頭を上げることができない。

　アイザックだけがゆっくりと姿勢を元に戻すと、『大丈夫だ』と優しくリネットの背を撫でてくれる。

「今宵はめでたき席にお招き下さり、誠にありがとうございます。こちらからご挨拶に伺うべきでしたのに、ご足労（そくろう）いただき恐縮です」

「こちらこそ、娘のためによく来てくれた。改めて礼を言わせて欲しい。奥方も、娘と親しくしてくれて感謝しているよ。あれは気の許せる友人が少ないのでな」

「恐縮です……っ！」

　リネットが恐る恐る顔を上げると、細身の国王は威厳をかもしつつも穏やかに笑っていた。

　当然、気安く話せるような相手ではないのだが、それでも思ったよりは、ソニアに対して親身になってくれている印象を受ける。

「アイザック殿下は人気者なので大変かもしれないが、どうか楽しんでいってくれ。それでは、失礼させてもらうよ」

　国王はそう言って小さく手をふると、あっさりと元来た道を戻っていった。

　護衛を連れているので当然注目されてしまうのだが、それをわかっていてわざわざ一客人の元まで来るとは、彼は行動力のある人物のようだ。

「びっくりしました……思ったよりも気さくな方なんでしょうか」

「いや、今のは印象操作込みの挨拶だな。国王がわざわざ出向いたことで、ロッドフォードがマクファーレンにとって重要な国であり、かつ友好関係を築いていることを示したんだ」

「な、なるほど？」

曖昧（あいまい）に頷くリネットに、アイザックは小さく笑いながら話し始める。

「以前にマクファーレンが突然奇襲を仕掛けて、しかも敗れたことは、周辺諸国にもちろん知れ渡っている。今は不戦条約を結んでいるとはいっても、周囲の目はなかなか変わらないだろう。だが、俺が今夜の席に招かれて参加しているなら、見方は少し変わってくる。国王と俺が親しくしていれば、なおさらだろう」

アイザックはリネットに確認するように、首をかしげてみせた。

「えっとつまり、我が国とアイザック様の立場をあげて下さったということですよね？」

「俺としては、これ以上は面倒だから止めて欲しいんだが」

うんざりした顔のアイザックが視線を向けた先では、そわそわと好奇の目をこちらに向ける人々が集まり始めている。

やっと解放されたのに、また挨拶集団に取り囲まれるのは、リネットとしても遠慮したいところだ。

(でも、皆さんだんだん近付いてきてるわ……これは逃げられないか)

「皆、今夜は集まってくれて、本当にありがとう！」

「……あっ」

それは正しく、天からの救いか。

話しかけようとしていた人々を遮ったのは、本日の主役であるソニアの声だ。

当然ながら、会場中の視線はそちらへ向かっていく。宣言をした際には控え席になっていた、壇上のソニアの元へ。

「リネット」

アイザックも、この声を好機と捉えたのだろう。皆が止まっている内に、さっとリネットの手を引いて柱の陰へと身を隠した。

リネット一人なら人波の中に隠れることもできたが、長身のアイザックは頭一つ飛び出てしまうので、苦肉の策だ。

「大丈夫か？」

「はい、ありがとうございます」

暗がりでお互いの顔を確かめて、ほっと息をつく。

囲まれていたのでソニアとはまだ話せていないが、後でお礼を伝えたいものだ。

「……ん？」

気を取り直してソニアのほうを見ると、何故か彼女の周囲の様子が変わっていた。

ソニアの立つ壇上の周囲に、女性客が集まってきているのだ。

当然、淑女たちは足音を立てて駆け寄るようなはしたないことはしないが、静かに、そして確実にソニアに近付いている。心なしか、そわそわした雰囲気で。

言葉は悪いが、群がっているといっても過言ではない動き方だ。

「女性に、何かあるんでしょうか？」

「さあ……」

アイザックも首をかしげているので、何があるのかは知らないようだ。

集まっているのが女性ばかりなので、てっきり女性に関する話かと思いきや、

「これは少し気の早い話になるのだが、ボクの王配について、少しこの場で話をしておきたいと思ってね」

ソニアの話は、意外な方向性で続いていく。王配……つまりは、女王の伴侶である。

「ソニア様はまだ婚約をしていないはずですよね？」

「そうだな、決まったという話は聞いたことがない」

他の客人たちも予想外だったのか、ざわざわと困惑する声が聞こえてくる。もちろん、先ほど集まった女性たちも驚いた様子だ。

やや失礼な話になるが、アイザックと同じ歳のソニアが結婚していないのはかなり遅い。

王族や貴族の女性は、大抵社交界デビューできる年齢の前後で結婚を決めることがほとんどであり、ロッドフォードでは十五歳が基準だった。

もっとも、こうして王位を継ぐのならその限りではない。ソニアがその辺りを予想した上で、婚約を決めていなかったのかどうかはわからないが、今ではちょうどいいとも言える。

「もしかして、今夜婚約者の発表が？」

周囲からは、そんな期待と困惑に揺れる声も出てくる。だがソニアは、人好きのする笑顔のまま『婚約者は決まっていないよ』と否定を宣言した。

「期待させてしまったならすまないね。見ての通り、ボクは普通の王女とはちょっと違う生き方をしている。なので、普通とは違うやり方で、伴侶を選びたいと思っているんだ」

会場中が、再びざわっと動揺する。

普通の婚約と言えば、親が縁談や釣書を用意して、そこから選ぶものだ。本人の資質はもちろん、家柄などの総合的な情報を吟味した上で選定される。

では、普通じゃないやり方とは何だろうか？

「私たちみたいに、恋愛結婚でしょうか？」

「ソニア王女の立場で、それは難しいだろう。俺はどうしようもない理由があったからリネットに出会うことができたが、そうでなければ勝手は許されない。ましてや、マクファーレンは複婚を推奨する国だからな」

「あ……」

ソニアの背後に視線を向ければ、式の時と同じように着飾った女性たちとその子どもがソニアを見守っている。

ソニアが女王となった暁（あかつき）には、あの位置に何人もの男性が並ぶのだろうか。

「…………」

何とも言えない気持ちになって、リネットは無言のままソニアへ視線を戻す。

壇上の彼女は、それはそれは楽しそうに笑っていた。

「今夜の招待状と一緒に送ったから、皆知っているとは思うけれど。十日後にもここで夜会を開くことになっていてね。実はそちらの夜会には、才ある若者を生まれや家柄を問わずに招いているんだ」

「……ん？」

ソニアの発言に、一部の者たちが声を失う。

「そこで彼らには、得意とする技能を披露（ひろう）してもらおうと思っている。いわば、大お見合い夜会だね！」

――はあ？　と。

音にならない声が、会場中の皆と重なった気がした。

夜会で出会いを探すのはわかる。お見合いもわかる。そこまでは普通だ。

では何故そこで、特技のお披露目会なんてわけのわからない要素が加わってしまったのか。

答えは多分〝発案者がソニアだから〟で正解だろう。友人としてソニアを好ましく思っているリネットも、さすがにかける言葉が見つからない。

「ああ、そうだ。お披露目会には審査員も決まっているんだ。我がマクファーレンの友好国であるロッドフォードの王太子ご夫妻。彼ら二人に、ぜひ任せたいと思う！」

「はあっ⁉」

今度こそ、音を伴って声が出た。

もちろんリネットは、そんな話を全く全っ然聞いていない。事前に聞いていたなら、とりあえず止めたはずだ。

「やられた……滞在期間が妙に長く書かれていたのは、そのためか！」

「滞在期間？」

リネットの隣では、アイザックが荒い仕草で前髪をかき上げている。まさか、アイザックは聞いていたのかと思えば、そうではないらしい。

「招待状に書いてあっただろう。予定滞在期間が、何故か一か月も」

「ええ⁉　き、気付きませんでした」

「俺たちには、十日後の夜会とやらの招待状はきていない。マクファーレンに来てから断らせないように、わざとそうしたんだ」

あの男装王女が、と明らかに苛立ち（いらだち）の混じった声が落ちる。

しかもアイザックは、今夜多くの者たちに顔を知られている。今更（いまさら）逃げることもできないだろう。

「な、なんてこと……」

楽しい旅行だと思っていたはずの招待は、リネットたちの意図せぬところで、雲行きが怪しくなってきたようだ。

ソニアの爆弾発言で一時騒然としたものの、夜会は予定通りに進行し、問題もなく閉会した。
あくまで、表面上はの話だが。

その後、レナルドと合流したリネットたち三人はソニアに招かれ、王族用の休憩室に集められている。

（少しは慣れてきたと思っていたけれど……）

こういった部屋の豪華さは、夜会の規模に比例するのだろうか。

三人が通された部屋は、正規のサロンとしても使えそうなほど広く、三組のテーブルとソファに加えて、奥には仮眠用のベッドが用意されていた。

当然ながら、どの家具も一級品ばかり。煌々と輝く魔術の灯りが、洗練された印象の室内を明るく照らしている。

「ここで一家族が暮らせそうですね」

「そうなのですか？　興味深い感想ですね」

驚きで半分固まっているリネットの横を、レナルドを連れたアイザックが気にした様子もなく進んでいく。

そのまま、勝手にソファに腰かけると、ぽんぽんとリネットの着席を促してきた。

「すまない、待たせたね。キミも入ってくれ」

「あっ、ソニア様！」

どうしたものかと迷っていれば、リネットの後ろから呼び出し主のソニアが駆け寄ってくる。

続けて、茶器の載った台車を押す侍女なども現れたので、リネットも安心してアイザックの隣に腰を下ろした。

レナルドはソファには座らず、定位置とばかりにリネットたちの背後に立っている。

「さてと。改めて、遠路はるばる来てくれて、本当にありがとう」

式でかけられた美しい外套を丁寧に畳んだソニアは、ソファに座る前に深く頭を下げた。王族としては、少々深すぎるぐらいの礼だ。

「ソニア様、頭をあげて下さい！」

「いいや。ボクがこうして立太子できたのは、キミたちのおかげだ。どうか、礼を言わせて欲しい」

慌ててリネットが止めるものの、ソニアは穏やかに笑いながら、また頭を下げる。

その声は、いつものような芝居っぽさを感じない、彼女の素の話し方だ。

「お前がそう思うのなら、その気持ちは受け取っておこう。これからも、長い付き合いになるだろうからな」

「ああ。感謝するよ、アイザック君」

アイザックが素っ気なく呼びかけると、ソニアはゆっくり顔をあげて笑った。生まれついての王族同士、きっと彼らだけで伝わる感覚があるのだろう。

「それはいいが、先ほどの見合いだなんだについては、説明してもらおうか」

「おっと」

穏やかな良い雰囲気……と思えたのは数秒のみ。明らかに苛立ちを含んだアイザックの問いに、そんな空気はぱっと霧散してしまった。

ソニアのほうも、特に悪びれた様子もない。アイザックが会場で指摘した通り、全てが最初から計画されていた、ということだろう。

「そう睨まないでくれよ。キミ、顔が怖いんだから。そんな怒りん坊さんでは、ボクみたいにモテないよ、アイザック君」

「俺にはリネットが一人いれば充分だ。いいから早く説明しろ」

「せっかちだね」

いつも通りの若干演技めいた仕草をしつつ、ソニアもようやく向かいの席に腰かける。

（……あれ？）

口調こそいつも通りに感じたが、ソニアの様子はどこか疲れているように見える。主役の夜会を終えた直後では当然かもしれないが……なんとなく、それとは違うような気がした。

（気のせいかしら？）

あんまりじろじろ見ても失礼なので、一応気にしつつも顔の向きを戻す。しかし、リネットの視線に気付いたのだろうソニアは、ふっと柔らかく笑ってみせた。

「では、単刀直入に。キミたちをボクのお見合いに巻き込むことになってしまったのは、ボクを王太子にした利点の一つが、ロッドフォードとの仲の良さだからさ。愚兄の失態やら何やら、マクファーレンはキミたちに大きな借りがあるからね」

「お前の王配に、俺やリネットの意見を反映すると？」

アイザックの低い声に、背後のレナルドも息を呑む。

血縁関係ならまだしも、ただの友好国の王族の意見を反映させるなんて、おかしな話だ。そんなことを許したら、ソニアは〝ロッドフォードの傀儡である〟と受け取られかねない。

「そんなに深刻な話ではないよ。あくまで友人として、意見を聞きたいというだけさ。市井の者たちだって、色恋で困った時は相談するのだろう？」

（庶民の恋愛相談と王族の婚姻を一緒にしたらダメだと思うけど、大丈夫かしら）

まあ、庶民と同等の環境で育ったリネットとしては、ソニアの主張はわからなくもない。

たとえ自分の中で結果が出ていても、『誰かに背中を押して欲しい時がある』と聞いたこともある。

それが、恋愛という特別な感情なら、なおさらに。

「もう少しらしい理由を付け加えると、ロッドフォードの実力主義な部分を、我が国でも取り入れたいと思っているんだよ。家柄や身分を軽視するつもりもないけど、やっぱりできる子が欲しいじゃないか」

にっと楽しそうに笑ったソニアに、アイザックは口を閉ざす。

確かにロッドフォードは、他国と比べると実力でのし上がれる部分が多い国だ。何しろ、初代国王が元は一介の騎士だったのだ。

軍部の精鋭（せいえい）であるアイザック直属隊などはそれが顕著（けんちょ）で、選考基準は実力のみである。

「それならせめて、他の審査員も用意しろ。俺たちだけでは誤解を招く」

「それはまあ、現在相談中という感じかな。最優先はキミたちだからね。ロッドフォードという国は、キミたちが思っている以上に評価されているんだよ」

「……はあ」

主従二人のため息が重なる。リネットも自国が褒（ほ）められるのは嬉（うれ）しいが、それがよその国の政（まつりごと）にかかわるとなると、素直には喜べない。

「ソニア王女、一つ約束して欲しい。公表された以上付き合いはするが、俺たちはお前の婚姻に介入するつもりはない。……させないと、約束してくれ」

いくらか待った後、嫌そうな態度を隠しもしないアイザックが、条件を提示する。

「もちろんだとも！　キミたちは友人として、余興に付き合ってくれるだけだ」

ソニアは嬉しそうに白い手袋を外すと、素手でアイザックに握手を求めてきた。彼もまた、渋々ながら手を握り返す。

これで、十日後の夜会に出ることが決定してしまった。

「俺たちはただ、立太子を祝って解散したかったんだがな」

「巻き込んですまないね。その分、滞在中は快適な暮らしを保障するよ！　ああ、そうだ。これ、キミたちの分の招待状だよ」

疲れた様子のアイザックに対して、ソニアはなお笑ったまま、二通の封筒を差し出してくる。

真っ白なそれは、先に届けられた招待状とよく似ていた。

「話は終わったな。では、俺たちは戻らせてもらう」

封筒を受け取ったアイザックは、用は済んだとばかりにソファを立ち上がる。

隣のリネットを立たせてくれるのはさすがだが、所作がやや雑なので、本当に疲れているようだ。

「あ、あの、忙しなくてすみません！　失礼しますね、ソニア様」

「今夜は本当にありがとう。良い夢を！」

リネットが慌てて礼をすれば、ソニアも手をふって応えてくれる。

……彼女の琥珀色の目が、ほんの少しだけ寂しそうに見えたのは、リネットの見間違いだろう。多分、きっと。

＊　＊　＊

一夜明けた翌日、リネットが目を覚ました時、視界はとても明るい光に満ちていた。

「……ん？」

ぼやけていた世界が、徐々に輪郭を取り戻していく。

寝室のベッドの天蓋はもっと厚いはずだし、リネットが目覚めてしまう時間は、いつももっと薄暗かったはずだ。

（ああ、そうか。ここ、マクファーレンのお城だわ）

ようやく覚醒してきた頭が、他国の客間であることを思い出す。

思えば昨夜は、盛装を解いて湯浴みを済ませたら、すぐに眠ってしまった気がする。そのまま、今の時間まで爆睡していたようだ。

（私が寝坊するなんて……）

どんな環境でもリネットの目覚める時間はほとんど変わらなかったのに、珍しいこともあるものだ。意識していなかったが、それほど疲れていたのだろうか。

とはいっても、枕元の時計が示す時刻は、夜明けから二時間ほどしか経っていない。これでもまだ充分早い時間だ。

「あれ、アイザック様もだ」

そろりと隣を窺えば、すぐに鮮やかな赤い髪が飛び込んでくる。

宝石のような瞳は閉じられたまま、薄い唇からは規則正しい寝息がこぼれていた。

そういえば彼も、国外での夜会は初めてだと言っていた。対応もふるまいもリネットには完璧に見えたが、やはり緊張していたのかもしれない。

「ふふっ」

なんだか嬉しくなって、彼の腕にそっとすり寄る。

いつも仕事に追われていて、二人ですごせるのは夜のわずかな時間のみ。さらには、他国に来ても王太子として毅然としたふるまいを求められたのだ。

たまにはアイザックだって、ゆっくり寝坊をしてもいいだろう。

(考えなくちゃいけないこともあるけど、今だけは)

苦手だった二度寝という贅沢を噛み締めながら、リネットは再び微睡みに身を委ねた。

「アイザック殿下、リネット様。入っても構いませんか？」

次に目覚めたきっかけは、カティアがリネットたちを呼ぶ声だった。

思ったよりもしっかり寝ていたようだ。まぶたが重くて、つい唸るような声が出てしまう。

「もう少し寝るか？」

「ッ⁉」

しかし、耳に落ちた甘い囁きで、一気に意識が覚醒した。

お腹に力を入れて起き上がれば、きょとんとした顔のアイザックがこちらを見つめている。

「リネットは起きてすぐでも動けるんだな。おはよう」

「お、おはようございます……」

びっくりしてつい跳ね起きてしまったが、一緒に寝ていたのだからアイザックが隣にいるのは当然だ。

「そんなに驚かせるつもりはなかったんだが、すまなかったな」

「い、いえ。良いお声に、ついときめいてしまっただけなので」

「はは、今更だな」

ふわりと微笑むアイザックに、心臓が激しく脈打つ。

毎日一緒に寝ているのだから今更なのは間違いないが、それでも旦那様には毎日恋をしてしまうのだから困ったものだ。

（結婚してからもときめいて、ドキドキできるなんて……幸せだな、私）

今朝は二度寝をしてしまった上、ベッドも違ったので、なおさらドキッとしてしまった。

「それで、カティアが起こしに来てくれているが、応えても構わないか？」

「あ、はい！　すみません、カティアさん！」

うっかり恋人気分でときめいてしまったが、リネットが起きたきっかけを思い出し、慌ててカティアに返事をする。

ついでに確かめた時計は、最初に起きた時から短針一つ分が進んでいた。

「お休み中でしたら、起こしてしまって申し訳ございません。王城の方が、朝食を部屋に運んでよいかと訊ねられているのですが」

「大丈夫です。お願いして下さい」

そういえば、昨夜はすぐに休んでしまったため、食事の時間などを聞いていなかった。

今朝は二度寝をしたのでちょうどよかったが、明日以降普段通りに行動をするのなら、食事の時間は確認しておいたほうがよさそうだ。

「リネットが寝坊するなんて、珍しいものを見られたな」

「本当は一度起きたんですよ。でも、アイザック様もぐっすりだったので、ついもう一回お布団に戻ってしまいました」

「たまにはいいんじゃないか。俺も、リネットと一緒にゆっくりできるのは嬉しいしな」

アイザックも起き上がり、ベッド脇に用意してあったショールをリネットにかけると、そのまま抱き寄せてくれる。

いつもとは違う寝間着の感触と、いつも通りのアイザックの香りがして、なんだか体中がぽかぽかしてきてしまう。

（うう、やっぱりいつもと違う感じがくすぐったくて、ときめいてしまうわ……）

ロッドフォードではできない、贅沢でゆっくりな朝。マクファーレンでの二日目は、こうしてのんびりと幕を開けた。


部屋に運ばれた朝食は、クリームがたっぷり乗ったビスケットや、チョコを塗り込んだパンなど、ほとんど甘味という珍しい品目だった。

わざと用意されたわけではなく、マクファーレンの朝食は甘い味付けのお菓子のようなものが基本らしい。なんでも、頭を働かせるのには甘味が良いのだとか。

「すぐお隣なのに、文化が全然違って不思議ですよね」

「意外と知らないものだな。子どもは喜びそうだ」

アイザックは若干困った様子でコーヒーをすすりながら、甘すぎないジャムを選んでパンに塗っている。

お菓子が好きなリネット的には、楽しい食事だ。たまにはこういう朝食も、面白いかもしれない。

「それでリネット、今日はどうしたい？」

「どうしたい、とは？」

「いや、審査員とやらが必要な夜会は、まだしばらく先だ。それまで帰れない以上、滞在中の予定を立てたほうがいいだろう？」

「…………？」

満遍なく砂糖をまぶしたクロワッサンを咀嚼しながら、問われたことの意味を考える。

昨夜ソニアに出席すると伝えてしまった以上、リネットたちはお見合い夜会が終わるまで帰れない。それはわかるが、〝予定を立てる〟のは何も決まっていない時の行動だ。

「……予定がない。えっ⁉　アイザック様、おヒマなんですか⁉」

「だから、そう言っている」

三回ほど同じ単語を繰り返して、ようやく気付いた。毎日毎日仕事に追われていたアイザックが、ヒマだと言ったのだ。

そんな日は、婚約者役として出会って以降、ほとんどなかった。

「こんなことが起こるなんて……」

「おかげで出発前は地獄だったがな。元々旅行として楽しもうと考えていたが、さすがに十日も滞在することになるのは想定外だ」

ちぎったパンを口に放り込みながら、アイザックが肩をすくめてみせる。

それはそうだ。移動だけで結構な時間がかかってしまうのだから、滞在期間まで長くとったらロッドフォードの皆が困ってしまう。特に、代理を引き受けているマテウスが。

「まず確認したいんですが、十日も留まって大丈夫なんでしょうか」

「予定がおすのは間違いないが、まあ修正はきく範囲だ。天候が崩れれば、行き帰りが遅くなるのも仕方ないしな」

「そういえば、行きは良いお天気続きだったので、快適でしたね」

おかげで、予定よりもゆっくりとした旅ができた。もし途中で天候が崩れていたなら、マクファーレンまでの旅はそれこそ強行軍になってしまっただろう。のんびりと海を眺める余裕もなかったはずだ。

「いずれにしても、帰れないのだからマテウスに頑張ってもらうしかないな」

「……ですね」

となれば、次は今後の予定だ。もしリネットが幼少から令嬢として育てられていれば、マクファーレンの貴族との交流を望んだり、この国にしかない貴金属や装飾品などを取り寄せたり、そういう楽しみ方もできたかもしれない。

しかし残念ながら、リネットはほぼ一般人として育ったにわか令嬢だ。

王太子妃なんて肩書きを得ても、せっかくの休みを社交に当てたいとは思えないし、買い物をするならまずは特産の食べ物をお願いしたいと思っている。

……思い浮かぶのは、行きの馬車の窓から覗いた、真っ白で四角い町並みだ。

「私が希望を出してもいいんですか？」

「ああ、もちろんだ。さすがに遠出は難しいかもしれないが」

「でしたら、城下町の見学はできませんでしょうか？」

リネットが思い切って提案してみると、アイザックはもちろん、静かに控えていたレナルドもカティアも、ぱちぱちと目を瞬いた。

いくらなんでも、庶民の発想丸出しだっただろうか。

「す、すみません。ダメでしたら、もちろん大丈夫ですので」

「いや、違う。……考えていたことが同じだったから、嬉しくなっただけだ」

失敗したかと俯いてしまったリネットに、アイザックが呆然としたまま答える。その顔は次第に笑みに変わっていき、数秒後にはくくっと喉を鳴らしていた。

「レナルド、リネットもこう言ってくれたんだ。構わないな？」

「ええ。元よりそのつもりでしたしね。ということで、私も部下たちも、本日は護衛のお休みをいただきたいと思います」

「ええ!?」

アイザックたちの予定の話をしていたはずなのに、まさかの発言が出て思わず声を上げてしまった。

レナルドは過酷なアイザック隊でも、常に仕事を怠ることなく戦ってきた人だ。その彼が自ら休みたいと言うなど、相当のことだろう。

「どうしましょう、昨日の疲れがそんなに残っているんですか？　ソニア様に頼んで、お医者様を呼びましょうか？」

「違いますよリネットさん。そういうことにしたほうが、いいんです」

「……はい？」

返答の意味がわからずに、リネットの思考が固まってしまう。

レナルドはなんとなく意地悪な笑みを浮かべたまま、それ以上は何も言わない。

アイザックのほうは、控えているカティアに二、三指示を出すと、嬉しそうにリネットの肩を抱き締めてきた。

「リネットは食事が終わったら、カティアに支度(したく)をしてもらってくれ。今日のための特別な装いを用意してあるからな」

「は、はあ？」

アイザックの顔は、珍しいほどいきいきと輝いている。

指示をされたカティアも『任せてくれ』と言わんばかりの元気の良さだ。一体、何が始まるのだろうか。

「護衛たちがお休みを求めているのに、こんなに明るい感じでいいんですか？」

「いいんですよ。どうか、楽しんできて下さい、リネットさん」

休みたいと言った割りには、レナルドも元気にリネットを促してくる。こうなってしまった彼らに、リネットが逆らうのは困難だ。

「楽しむ？　よくわかりませんが、お願いします？」

とりあえずカティアに頼んでみれば、彼女も満面の笑顔でリネットを迎えてくれた。


甘い朝食を終えてから、わずか数十分後。

リネットがカティアに着せられた『特別な装い』は、非常にシンプルな象牙色のワンピースだった。

フリルも刺繍もない丸く開いただけの襟に、カフスのつけられないふわっとした袖口。腰の部分は多少強調してあるものの締めてはいないし、装飾らしい装飾と言えば中央に縦並びのボタンだけだ。

ぎりぎりふくらはぎを隠す丈のそれは、馬車で着ていたものよりももっと軽い服装。つまりは、庶民が着るような衣服である。

しかも、せっかく敏腕女官のカティアが支度をしてくれているのに、化粧は非常に薄く、髪も梳いて整えただけだ。

これではどこからどう見ても、ただの町娘である。

「これは、一体……」

鏡に映る姿のあまりの芋っぽさに、リネットは愕然としてしまう。

せっかく盛装も様になるようになってきたのに、まるでお掃除女中に逆戻りだ。

「リネット、できたか？」

軽いノックとともに、支度のために閉じていた寝室の扉が開く。

そこから現れたアイザックもまた、いつもとは全く違う装いをしていた。

襟がついておらず、首元が逆三角型に開いただけの黒い上着と、何の特徴もない白い脚衣だけである。刺繍もベルトもなければ、外套もない。たいへん地味な装いだ。

しかしながら、彼の場合は素材が良すぎるので、そんな格好でもむしろ色っぽく見えるから困ってしまう。

「これは一体何の衣装ですか、アイザック様」

「何って、デートの正装だ」

「でーと」

アイザックが嬉しそうに口にした言葉を反芻する。

リネットとて言葉の意味は知っている。恋人同士が日時を決めて出かけることだ。

「えっと、私たち夫婦なのに、恋人に戻るんですか？」

「気分は戻ってもいいかもな。誰にも邪魔されない、二人の時間をすごしたいんだ。心配しなくても、王城の裏口は調べてあるぞ！　わくわくするな」

「わ、わくわく？」

アイザックらしからぬ言葉に、目を見開く。

そわそわと落ち着きがない彼の様子は、凛々しい剣の王太子とは別人のようだ。

けれど、瞳から感じる愛しさは変わらない。リネットを大切に想い、リネットを一番に考えてくれる、最愛の人に変わりないようだ。

（庶民のような格好でデート……これってもしかして、『お忍び』というやつ？）

ここまできて、ようやくリネットもアイザックがしようとしていることがわかってきた。

リネットも城下町を見たいとは言ったが、あくまで『見学』のつもりで提案していたのだ。

王太子夫妻として〝他国の町の視察〟に行きたいと。

けれど、アイザックが用意してくれたのは、もっと近くで見られる――もっとリネットが楽しめる方法だったらしい。

「さあ、時間は有限だ。行こう、リネット！」

「……っ、はい！」

差し出された大きな手に自分の手を添えると、エスコートと呼んだら怒られそうなぐらい強引に引っ張られてしまう。

「いってらっしゃいませ、リネット様」

にこにこと笑ったままのカティアとレナルド、部下たちに見送られながら、王太子夫妻……

改め、仲の良い町の恋人な二人は、逃げるように客間から駆け出した。

(ああ、これは確かにわくわくするかも！)

いつの間に調べてくれたのか知らないが、アイザックが先導してくれる廊下は、ほとんど人がいない閑散とした通路ばかりだ。

本来なら誰もが恭しく頭を下げて道を譲る王太子殿下だというのに、こそこそと人目を避けて動く様子は、本当に城に忍び込んだ一般人のようだ。

「ふふっ」

「こらリネット。見つかったらデートができなくなるぞ」

「はーい」

思わず笑ってしまえば、悪戯っ子のような彼に咎められる。

ロッドフォードではまずできない秘密のやりとりに、ますます鼓動が速まってしまう。

「よし今だ。行くぞ」

再び手を引かれて、二人で走り出す。

アイザックと辿った道は、出口に着くのが惜しいほど心躍る体験だった。

それから王城の裏口を出たリネットたちは、石橋のほうは渡らず、その下の運河を配送員の小舟に乗せてもらって渡る。

日の差さない石階段を駆け上がれば、目の前に広がるのは、四角い建物が並ぶ真っ白な城下町だ。

「きれい……！」

眩しいほどの異国の景色に、思わず感嘆の声がこぼれる。

ロッドフォードよりずっと暖かい日に照らされて、建物はどれも輝いている。その下では色とりどりの屋台や露店が立ち並び、賑やかな声を響かせていた。

ロッドフォードの城下町ももちろん活気があったが、扱う商品が違うし、雰囲気も全く別物だ。よく日に焼けた漁師風の男だったり、明らかに魔術師然とした老女だったり、自国では店先に立たないような人々が元気に接客しているのも面白い。

「さすがは港町だな。なんでもありのこの雰囲気は、我が国では真似できない」

「ロッドフォードの整った町の景色も、私は好きですよ。でも、こういう雰囲気もお祭りみたいで楽しいですね」

建物は均一に整っているのに、生活する人々の姿はごちゃまぜで、ひどく対照的なのにそれが妙に馴染んでいる。

人も物も出入りが激しいからこそできる、時の流れを形にしたような町だ。

「さて、まずは腹ごしらえから行くか。リネットは何が食べたい？　その辺の屋台を冷やかしてもいいし、魚介の店で食べてもいいな」

「でしたら、美味しいお魚が食べたいです！」

アイザックの誘いに、リネットの目が自分でもわかるほど輝いてしまう。

昨日、マクファーレン王城で出された昼食は、もちろん一流のものだったが、毒味を挟む都合上、どうしても少し冷めていたのだ。

その上、宮廷料理は見た目でも楽しませることに重きを置いているせいで、しっかりお腹に溜まるものがあまりない。

テーブルマナーは苦にならない程度にこなせるようになったが、やっぱり物足りないと思ってしまうのが、お肉信仰の元貧乏人の性だろう。

しかもその後は夜会だったため、夕食はほとんど食べられなかった上、今朝の食事は甘いお菓子である。塩気のある食べ物を欲してしまうのも仕方ないというものだ。

「魚介料理だな。よし、美味い店を聞いてみよう」

アイザックはリネットの手を取ると、漁師らしき集まりに向かってずんずん進んでいく。

王城でしている正しいエスコートの形式ではない。ぎゅっと指を絡めた、久しぶりの恋人繋ぎだ。

「……っ！」

とっさに周囲を確認しても、誰もリネットたちを咎めたりはしない。目が合えば『仲良しだね』と笑って、ついでに商品をすすめてくるだけだ。

（あ、すごい。これ楽しい！）

基本的にアイザックとの距離が近い自覚はあるものの、それを何一つ気にしなくてよいのは久しぶりだ。どれだけ仲が良く新婚でも、王太子妃として守るべき節度がある。人前に出る時はなおさらだ。

もちろん、それをわかっていて結婚したのだから、今更悔やむつもりはない。教養が足りなくて苦労したのも、リネット自身が不勉強だっただけだ。

それでも、作法もルールもなく、ただのリネットとして大好きな人と一緒にいられることがとても贅沢に感じてしまう。

アイザックが客間でそわそわしていたのも、きっと同じように期待してくれたのだろう。それがまた、たまらなく嬉しい。

「リネット、いい店を聞けたぞ。今朝上がったばかりの魚が食べられるそうだ。行こう！」

「はい！」

からかう漁師たちに礼を告げて、色鮮やかな屋台通りを抜けていく。

聞いたことのない海鳥の声と、潮風が頬を撫でて、くすぐったいような不思議な気分だ。

——きっと今日は、最高の一日になる。

中天を目指す日の光をもう片方の手で遮りながら、二人は海沿いの食事処を目指して足を速めた。

漁師が教えてくれた店は、いかにも大衆食堂といった感じの年季の入ったところだった。

狭い店内には一人がけの席が五つしかなく、他は道に面した庭にテーブルと椅子が置いてあり、客席として使っている。

今日は晴れていたので問題なかったが、雨が降ったらどうするのか、ちょっと気になる営業の仕方だ。

しかし、料理のほうは薦められるのも納得の逸品だったので、店構えなどはどうでもよくなってしまった。

「美味しい！」

大きな白身魚が丸ごと一尾皿にのって出てきた時は驚いたが、ちょっと濃いめの味つけがよく染みていて、すぐに手も口も止まらなくなった。

ほどよい弾力の身からは、噛む度に魚介の旨味が溢れてくる。一緒にスープ仕立てにされている貝やトマトも絶妙な味付けで、酒にもよく合いそうだ。

ロッドフォードでも川魚は獲れたが、海の魚は当然ながら高級品だ。それが手ごろな値段でお腹いっぱい食べられるなんて、元貧乏娘には夢のようである。

食にあまりこだわりがないというアイザックもこの店は気に入ったのか、すでに一品料理を二回も追加で注文している。

最初は隠しきれないアイザックの品の良さに戸惑っていた店主も、気持ちがいい食べっぷりですっかり気を許してくれたらしい。追加の品には少しおまけをつけてくれていた。

「やはり地元の人間に聞くのが一番だな。初めて来た町で、一発で大当たりを引けるとは」

「きっとアイザック様の日頃の行いがいいからですよ」

「それは何よりだ」

デートというには少々色気が足りないが、美味しいご飯を食べられるほうが、きっとリネットには似合っている。

何をするにも、まずは食事から。これはロッドフォードだろうとマクファーレンだろうと、変わらない大事なことだ。

「幸せ……こんなに美味しいお魚が、手ごろなお値段でいただけていいんでしょうか」

「産地ならではの値段だな。逆にこの国では、鹿や猪(いのしし)なんかの野生肉が高値かもしれないぞ」

「そ、そうなんですか？　珍味扱いになるのかな……」

さあ、と肩をすくめるアイザックについ笑ってしまう。

海に囲まれたマクファーレンだが、もちろん肉料理も普通にあるし、大半は畜産でまかなえているはずだ。野生の獣など、狩る必要がなければ手は出さないだろう。

（私たちは、それしかないから狩っていただけだしね）

まあきっと、海育ちの彼らが山を羨む部分もあると信じておこう。今は貴重な海の幸を堪能させてもらうのが先だ。

結局デザートまでしっかり完食してから、リネットたちは店を出た。またおいで、と笑顔で見送ってくれた店主に、こちらも精一杯手をふって。

「さすがに満腹だ。さて、これからどこへ行く？　何か希望はあるか？」

「すみません、この町のことを全然知らないので」

「それもそうか」

アイザックと手を繋いだまま、ゆっくりと町の中を進んでいく。

見たことのないもの、聴いたことのない音楽。潮の香りが城よりもずっと濃いこの町は、目に入る全てが新しい。

知らないことを覚えると、世界が広がっていく気がする。

いや、本当は最初から世界は広かったのに、ずっと『これで全部だ』と決め付けていたのだ。リネットの人生はそういうものなんだと、どこかで諦めていた。

（まさか王太子妃になって、隣国にお邪魔するなんて考えられないわよね）

遠くを飛ぶ変わった鳴き声の鳥を少しだけ目で追ってから、また町並みに向き直る。この不思議な景色を見ているだけでも、心臓が高鳴っていく。

「新しいものを見て、知って、覚えていくのは、とても楽しいですね」

「そうだな。俺もずっと国外へは出なかったが、今は少しもったいなかった気がしている」

繋いだ手が引き寄せられて、ぽすんとアイザックの胸に顔がぶつかる。

いつもの軍装よりも肌に近いせいか、少し速い鼓動の音が聞こえてきた。

「これから、新しいことに沢山触れていこう、リネット。二人だったら、もっと楽しい」

「私、まだ王太子妃としても半人前なのですが、他にも手を出して大丈夫でしょうか」

「だから二人でやるんだ。俺だって、まだできないことだらけだしな」

顔を上げれば、アイザックの紫眼とぱっちり合う。

どちらからともなく笑い出せば、それだけで体中が満たされる気がした。

「しかし、やることが決まっていないのは、やはりもったいないな」

「気になるものを探しながら歩いても、きっと楽しいですよ」

「じゃあ、ひとまずは散歩を続けるか。散歩もある意味デートだ。気になったものを見つけたら、そこでまた楽しもう」

抱き締めていた体をそっと離して、今度は腕を組む形でくっつく。

何しろ、この町は知らないものだらけだ。気になったものを一つ一つ確かめていけば、一日なんてあっと言う間に終わってしまうだろう。

(このまま時が止まれば、なんて思うけど、それはダメよね)

限りある自由時間だからこそ、きっと愛おしいのだ。

アイザックの温もりを確かめながら、目につく面白いものを一つずつ店主に聞いていく。

珍しい香辛料、海でしか咲かない花、空を泳ぐ魚のおもちゃ。話を聞いているだけでも楽しくて、アイザックと夢中になりながら町を進んでいく。

来たばかりの時にも思ったが、この国は魔術が国民の生活にも浸透しているようだ。

一見ごく普通の格好をした町娘が、平然と魔術薬を売っていたりするものだから、こちらのほうが驚いてしまう。

「本当に、魔術師が当たり前にいる国なんですね」

「本職の魔術師は、そこまで多いわけではなさそうだな。この辺りで商売をしている者たちも、兼業でやっているらしいぞ」

「兼業魔術師……」

それもまた、世知辛い呼び方だ。

もっとも、ロッドフォードでも剣を使える者は大勢いるが、本職の軍人が多いわけではない。マクファーレンでは、それが魔術なのだろう。

確かソニアの傍にも、魔術を嗜んでいるキリエという侍女がいたはずだ。彼女も『魔術師』ではなかったので、素養のある者はそれなりにいるらしい。

「魔術師といったら、ファビアン殿下やいつかの魔女のような凶悪な方ばかりでしたので、特別な技術なのかと思ってました」

「まあ、俺もトリスタン殿下も魔術師とは名乗らないが、魔術を使うことはできる。こんなものかもな」

トリスタンはマクファーレンとは反対側のヘンシャル王国の第二王子だ。少し前の事件でかかわったが、彼がごく普通に魔術を使っていたのはリネットも覚えている。

やはり、魔術が使えること自体は、魔素のある国では特別な才能ではなさそうだ。……だからこそ、かつてロッドフォードを興した適性のない騎士たちは、『当たり前のことができない』と虐げられてしまったのかもしれない。

さすがにどの国でも、アイザックほどの才能を持っている者は稀有だろうが。

(私たちの国でできないことが当たり前だなんて、不思議だわ)

今も、通りの中央に設えられた噴水から、勢いよく水が溢れている。

ただ水を循環するだけのからくりならロッドフォードにもあったが、目の前のそれは噴き出し方が場所ごとに違ったりと、色々な動きを見せている。

王城の庭にも大きなものがあったが、恐らくこれにも魔術が組み込まれているのだろう。

「お留守番の兄さんには申し訳ないですけど、やっぱり見たことのない文化に触れるのって、すごく楽しいです！　この国に来られてよかった」

「リネットが楽しんでくれるのが一番だ。きっとグレアムもそう思ってるだろう」

魔術に多少思うところはあるが、今リネットの目に飛び込んでくるものは、きらきらした美しいものばかりだ。

それらを薦めてくれる人々も皆気さくで、ついあちこちで話を聞いてしまう。

以前の貧乏なリネットなら買えない物の誘いは全て断ったが、今は旦那様が嬉々として財布を出してくれるので、申し訳なさを感じずに品物を見られるのもありがたい。

もちろん無駄遣いをするつもりはないが、『同盟国の経済を回そう』と言われれば、多少の散財はありかなと思ってしまうものだ。

「リネット、この奥の店の赤いオレンジジュースが美味いらしいぞ」

「オレンジなのに赤いんですか？　飲んでみたいです、ぜひ！」

レナルドたちとカティアのお土産にお菓子を買ってアイザックの元へ戻れば、別の店を覗いていた彼から新しい情報がもたらされる。

リネットたちが立ち寄った店は、どこも他の店を貶めたりせず、訪問客にちゃんと良い物を教えてくれている。

同じ場所に出店する者のよしみなのかもしれないが、こうした繋がりは利用する側としても気持ちがいいものだ。

（あ、もう時間が……）

ふと見上げた空は、いつの間にかアイザックの髪のように赤く染まっていた。

出発したのはお昼前だったのに、すっかりマクファーレンの町を堪能していたようだ。

「お、ここだな」

大通りをちょうど抜けた脇道の隅、何やら人がごった返している店の前で、アイザックが足を止める。屋台の店主から聞いたおすすめの品なのだが、そこは近付くのを躊躇うような盛況ぶりだった。

「すごい人気ですね」

「今は収穫時期じゃないからな。数が少なくて、供給が間に合ってないんだろう」

マクファーレンは魔術が使える国なので、本来の収穫時期でなくとも、ある程度は魔術で生育可能だと聞いている。

しかし、あくまである程度だ。自然に収穫できる季節と比べれば、やはり数は格段に少なくなる。結果、今のような人だかりができるわけだ。

「残念ですけど、諦めましょうか。そろそろ時間もあまりないですし」

「いや、確かに人は多いが、列はちゃんと動いているようだ。これなら、多少並べば買えると思うぞ」

「えっ、並ぶんですか!?」

まさかの発言にリネットのほうが驚いてしまう。アイザックの立場なら、本来は店側から献上されるべきだ。なのに、全く嫌悪感も見せず、一般人に倣おうとしている。

「俺が並んでくるから、リネットはそこで待っていてくれ」

「王太子殿下にそんなことさせられませんよ！　私は元々庶民みたいなものですから、並ぶなら私がやりますって」

「一度やってみたかったんだよ」

　止めるリネットの頭をぽんぽんと撫でると、アイザックは当たり前のように最後尾に並んだ。付近の人々が美形の登場に少しざわついたが、それだけだ。

（アイザック様にこんなことさせていいのかしら……）

　後から割り込むわけにもいかないので、リネットは大人しく『そこ』と指定された場所……列が見えるベンチに腰かける。

　周囲には同じようなベンチがいくつも置いてあり、リネット同様に連れがジュースを買いにいっている人々が、のんびりと戻るのを待っていた。

「平和だなあ……」

　つい、そんな感想がこぼれてしまう。

　思えば、最近アイザックと出かけた場所には、荒っぽい記憶しかない。冬の雪山だったり地下の洞窟（どうくつ）だったり、普通なら行かないところばかりだ。

　こうしてボーッと待っていられる外出は、もしかしたら初めてかもしれない。

（剣の王太子の隣に立つと決めたのだから、当然なのかもしれないけど）

　それでも、今日は本当に楽しかった。アイザックが剣を抜くことも魔術を使うこともなく、心穏やかに店を眺められた。

（これからは、こういう平和な外出も増えるといいな）

マクファーレンの滞在期間は、まだしばらくある。うまく予定を組めば、もう一日ぐらいは町に来られるかもしれない。

今日は色んなところを見て回ったが、当然一日で回り切れるような狭い城下町ではない。きっとまだまだ、リネットの知らないものが沢山あるだろう。

（もしお許しが出たら、今日行けなかったところへ行ってみよう）

さすがに二人だけでは怒られるかもしれないから、次は護衛の皆やカティアにもついてきてもらったら楽しそうだ。

「でも……もうちょっとだけ、アイザック様を一人占めしたいな」

わがままだと自覚しながら、アイザックを眺める。

彼の言った通り、列の動きは見た目よりも早いようだ。すでに彼は最後尾ではなく、折り返しになっている部分へ差し掛かっている。

この調子なら、あと数分程度でアイザックの番になるだろう。それまでに、オレンジジュースが売り切れないことを願うばかりだ。

――そんな平和な様子を、ぼんやり眺めていた……その時だった。

「きゃー!!　やっと買えたわ!!」

「なっ何!?」

突然、女性の甲高い声が響いて、リネットは肩を震えあがらせる。周囲の人々も同じようで、一様に声の出所へ視線を向けていた。

（びっくりした……あのお店ね）

人々に倣ってリネットもそちらを向けば、ジュースの店とは反対側にこじんまりとした屋台が一店構えていた。そちらもずいぶん人が集まっているようで、何を売っているお店なのかも人混みで隠れてしまっている。

どうやら、並んでいるのは皆若い女性のようだ。

「ずいぶん大きな声がしたが、大丈夫だったか？」

「あ、アイザック様！　ありがとうございます」

屋台に気を取られている間に、アイザックの買い物も無事に済んだようだ。

手渡されたジュースは噂通り真っ赤で、海辺の木から作ったらしい器に、鮮やかな花が飾られていた。

「可愛いジュースですね！」

「これも土産に買っていけたらよかったんだが、持ち帰りはできないらしい」

ストローを吸ってみれば、オレンジらしい酸っぱさと深い甘みが口の中に広がる。これは並んでしまうのも納得の品だ。

「今日は美味しいものばかりで幸せです……」

「気に入ってくれたならよかった。それで、あちらの人だかりも菓子か何かか？」

ジュースを楽しみつつも、アイザックの目は声の上がった屋台ばかりを見ている。

こちらの店と比べて人が減るのが遅いので、扱っている商品が吟味しなければ買えないものなのかもしれない。

「人が多くて、何のお店か見えないんです。でも、女性に人気の品みたいですね」

「リネットも興味があるなら、また俺が並んでくるぞ？」

「いえ！　このジュースだけで充分ですよ！」

どうやらアイザックは、客層から見てリネットも気に入る可能性を考えてくれたらしい。先ほど並んでもらったばかりなのに、また王太子に混んだ屋台に行ってもらうなど、さすがに許されないことだ。

「では、これを飲み終わったら様子を少しだけ見ていこう。そろそろ帰らないと怒られる時間だしな」

「そうですね。ありがとうございます」

先ほどまで真っ赤だった空には、徐々に紫が混じり始めている。もういくらかすれば、完全に日が落ちてしまうのは明白だ。

屋台通りも店じまいを始めて、逆に酒が中心の店に明かりが灯っていくのが見える。いくら許可をもらっていても、夜まで出歩くのは控えるべきだろう。

「ごちそう様でした。美味しかったです」

「ありがとう。また来ておくれ！」

ジュースの入っていた器を専用の返却口に出した二人は、気持ちゆっくりとした足取りで反対側の屋台を覗きに向かう。

そろそろ暗くなってきたというのに、店先に集まる女性客たちは帰る様子もない。むしろ、どこか興奮した様子で話し込んでいる。

「食べ物の店ではなさそうだな。何の匂いもしない」

「じゃあ、香水系でもないですね。だとしたら、雑貨でしょうか」

もう少し近付けば、買い物を終えた客たちの荷物も見えてくる。彼女たちの手にあるものは、どれも平らで薄っぺらく……はっきり言えば『紙』だ。狩りで鍛（きた）えたリネットの自慢の目で見ても、それは紙にしか見えない。

「皆さんが持っているの、紙ですね。地図か何かでしょうか？」

「紙？　ああ、姿絵か！」

疑問が深まるばかりのリネットの隣で、アイザックが納得したように頷（うなず）いている。

姿絵といえば、言葉通り人の容姿を描いた紙だ。王族や貴族が縁談の申し込みの際、釣書（つりがき）と一緒に送ってくるものだとリネットも知っている。

「どうしてそんな物が売っているんでしょう？　まさか、縁談を売買するなんてことはないですよね？」

「それはないな。こういう店をリネットは利用したことがないのか。縁談用以外でも、有名な人物の姿絵は売買されることがあるんだよ」

「そうなんですか？」

　嗜好品(しこう)を買いに行く余裕などない生活だったので、初耳だ。

　アイザックが言うには、王族の肖像画を中心に、人気の舞台俳優などの姿絵が取り扱われているらしい。安価な絵画のようなもの、だそうだ。

「もしかして、アイザック様の姿絵も、売っていたりしたんですか？」

「一度許可を出して描かせたことはあった気がするが、リネットと出会うまでは、なるべく他人と長時間接触しないようにしていたからな」

　確かに、画家やその助手に女性がいたら、絵を描くどころではなかったはずだ。改めて、体質が出ていた頃の暮らしの大変さが窺える。

「それに、我が国では安価で売れるほどの枚数を確保できないからな。多くは出回っていないと思うぞ。この国は多分、魔術で量産が可能なんだろう」

「なるほど。魔術って多方面で便利ですね……」

　しみじみと考えつつも、二人の足は女性客たちのもとにどんどん近付いている。ある程度の距離までくれば、リネットの目には彼女たちが抱える紙の内容も見えてきた。

（……ん？）

「これほど女がつめかけているということは、人気のある人物の新作だろうな。もしくは、腕の良い画家か」

リネットの見たものが間違いではなかったと裏付けるように、アイザックが呟く。

目に映った絵は、どれも同じ題材で描かれていた。黒に近い緑色の長い髪に、涼やかな琥珀の目が印象的な人物が。

「あの、アイザック様」

「ん、どうした？」

「あれ、ソニア様の姿絵です」

「……は？」

胡乱げにリネットを見返すアイザックに、何度も首肯する。

気持ちはわからなくもないが、リネットは目の良さだけは自信があるし、アイザックもそれは知っているはずだ。

つまり、ここに集まっている女性たちは、ソニアの……〝同性の王族〟の姿絵を求めて、興奮しているということである。

現に、姿絵を手にした客たちは頬を赤く染めて、うっとりとした表情で紙を見つめている。

正しく、恋する乙女の顔だ。

「あいつはことあるごとに自分がモテると言っていたが、本当だったのか」

「本当みたいですね」

「嘘だろ……これでいいのか、マクファーレン」

目を見開いて呆然とするアイザックを前に、まるで答え合わせとでも言わんばかりに、一人の女性客が会計を終えて出てくる。

両手にしっかりと抱えられているのは、大型の額縁に入った姿絵だ。そこには、つい昨日見たばかりの真っ白な軍服と外套を身につけたソニアが描かれている。

（もしかしなくても、この人たちが求めている新作って、王太子衣装版のソニア様の姿絵だったのね）

昨夜の国王から考えても、純白の衣装はマクファーレンでは特別なものなのだろう。それをまとったソニアが美しかったのは認めるが、同性にここまで人気があるとはリネットも思わなかった。

女性客たちは、ソニアの人気をリネットたちに知らしめるように、きゃあきゃあと黄色い歓声を上げている。感じられるのは、混じりっけなしの好意だけだ。

「す、すごいな」

リネットたち同様に、人だかりに興味を惹かれて様子を見に来た者たちも、独特の雰囲気に圧倒されてしまっている。

　反面、何でもないように去っていく者もそれなりにいるので、この光景はきっと初めてではないのだろう。

「はあ……ソニア様は本っ当にお素敵だわ！　明後日のパレードも絶対見逃さないように、朝から位置取りしなくちゃ！」

　一人の女性客の口から、興奮気味に妙な言葉がこぼれた。

（パレード？）

　ロッドフォードでパレードといえば、戦地に赴く者を見送るためのものか、凱旋する者たちを迎えるものだ。当然だが、ソニアが軍に参加するような話は聞いていない。

「まさか、立太子の記念にパレードをするってことですか？　アイザック様もしました？」

「するわけないだろう。陛下の生誕祭や俺たちの結婚式の時だってしていないのに。普通はどこの国も、立太子程度ではしないとは思うが……」

　そこで言い淀んだアイザックに、リネットも察してしまった。普通はしなくても、ソニアならやりかねない。何せ彼女は、注目をあびることに慣れているし、好んでいる。

「明後日ならすぐだな。俺たちは関わらないにしても、本人に確認をとったほうがいいかもしれない。大きな催しなら、把握しておくべきだ」

「そうですね……」

姿絵を大事そうに掲げる女性客たちは、なおも嬉しそうに騒いでいる。

ソニアが自国民に支持されていることが嬉しい反面、そのほとんどが同性というところは素直に喜んでいいのか悩むところだ。

ひとまず、アイザックとともに店の前を通りすぎて、小走りで運河の配送員のもとへと急ぐ。城への荷運びはだいたい早朝から昼の間に終わってしまうので、帰りは特別に運んでもらえるよう頼んであったのだ。

魔術で水上を歩けばよかったか、なんてアイザックの独り言を聞き流しながら、リネットたちを乗せた小舟はぎりぎり夜になる前に城の裏口へと辿りついた。

「遅くにすみません。ありがとうございました！」

「気にしないで下さい。どこの偉い方かは聞きませんが、またごひいきに」

二人を運んだ男はニカッと笑うと、橋とは反対側へ小舟を漕いでいった。少し名残惜しくはあるが、楽しい城下町見学は今度こそ終わりだ。

「さてと、じゃあまた人目を避けて客間まで戻るとするか」

「あっ、待って下さいアイザック様」

どこか楽しそうに足を踏み出したアイザックを、慌てて制止する。

リネットとしても、あのわくわくした道のりを楽しみたくはあったが、向かう先に人の姿が見えてしまったのだ。

「人が三人、話しています。離れるのを待たないと、すぐ見つかっちゃうかも」

「俺には見えないが、リネットが言うなら待つか」

息を潜めて壁の陰に隠れたアイザックに、リネットもそろそろと続く。

アイザックが視認できないのは、距離が遠すぎるからではない。ちょうど人がいる場所が灯りの影になってしまっているので、多分よく見えないのだ。

（なんであんな暗いところに。まるで隠れているみたい）

夜目も利くリネットには、姿がはっきりと見える。

三人とも男性で、体格的に若者のようだ。内二人は地味な装い……聖職者のような格好をしており、それぞれ黒と白の服を着ている。意匠が微妙に違うので、同じ法衣ではないのかもしれない。

（と言うか、白いほうの服、見たことがある気がするわね）

地味で装飾も少ないけれど、生地は良いものを使っている〝ある機関〟の制服によく似ている。特徴が少ないので、断言はできないが。

そして、その地味な装いよりも、リネットの目をひいたのがもう一人の男性だ。彼だけは紳士が着るような上等な上着を着用しており、金装飾がわずかな灯りを反射している。

短く切りそろえられた髪は黒に近い緑色であり、リネットは彼を昨日の立太子式で見た覚えがあった。

「アイザック様、恐らく何番目かの王子様がいらっしゃいます」

「何だと？　こんな裏口にか？」

首肯を返せば、アイザックもそっと壁から顔を出して周囲を窺う。

「誰なのかはわからないよな」

「すみません。どなたとも挨拶ができなかったので。ですが、立太子式の時に、奥方様たちと一緒に壇上で控えていた方です」

外見だけなら、ソニアとそれほど歳が変わらないように見える。けれど、外見と年齢が一致しない者もいるし、さすがのリネットもこの距離で判別するのは無理だ。

いずれにしても、リネットたちが通りたい道は彼らから確実に見えてしまう。普通に外出するならまだしも、いきなり護衛もつけずにお忍びに出ていたことがバレてしまうのはよろしくないだろう。

もしこれで何か問題が起こっていたら、招いたマクファーレン側が責任をとらされるかもしれないのだから。

(アイザック様に問題なんて起こるはずもないから、レナルド様たちもついてこなかったのだけどね。でも、どうしようかしら……)

これ以上遅くなると、さすがにレナルドやカティアを心配させてしまう。なるべく早く戻りたいが、王子を含めた三人は話し込んでいるようで、解散の兆しは全くない。

「ダメそうか？」

「そうですね。まだ時間がかかりそうです」

顔を俯かせて答えれば、アイザックからも息を吐く音がする。

しかし彼は、すぐに壁の後ろへ戻ると、ずっと触れていたリネットから手を離した。

「アイザック様？」

「今は俺に触れないようにな」

次いで、彼の足元にうっすらと光る円が浮かび上がる。よく見ればそれは、リネットの足元にも及んでいた。

《転移開始》

驚くよりも早く、アイザックの口からこぼれる音。

――次の瞬間、リネットの視界は灯りの落ちた寝室の景色に変わっていた。

「て、転移魔術!?」

「ああ。せっかくリネットと二人で冒険ができると思ったのに、台無しだ」

ため息をつくアイザックは、当たり前のように手に魔術の火を出すと、寝室のランプに灯していく。明るくなれば確信できる。間違いなく、リネットたちが泊まっている客間だ。

（相変わらず、とんでもない方ね）

転移魔術は名前の通り、瞬間移動を可能にする術だ。しかし、魔術大国エルヴェシウスの魔術師をもってしても、『難しすぎて使えない』と言わせる高難度の術である。

アイザックはそれを、自在に使うことができる。

しかも、目的地の座標や転移するものの把握など、失敗する要素はごまんとあるというのに、一度も失敗したことがないのも恐ろしい。

「あ、アイザック様の剣が」

ふと見れば、ベッドの横の低いテーブルに、アイザックの愛剣が置かれている。

お忍びなので帯剣していないのだと思っていたが、こうした万が一の事態を想定して、わざと〝目的地の目印〟として置いていったのかもしれない。

何にしても、王子たちにバレることなく客間へ戻れたのは、とてもありがたい。意外にも緊張していたのか、体の力が抜ける気がした。

「殿下、リネットさん。遅かったですね」

「わっ!」

呼びかけに顔を上げれば、安堵(あんど)の表情を浮かべるレナルドが寝室の扉にもたれかかっている。

今日は休みだと言っていたのに、ちゃんといつもの軍装のままだ。

「すみません、ただいま戻りました」

「いいえ、ご無事ならよかったです。異国の城下町は楽しめましたか?」

「はい、とても! あ、これ皆さんにお土産です。カティアさんの分も」

　リネットが抱えていた土産の紙袋を見せれば、レナルドは目を瞬いた後、スッと扉から体をずらした。彼の後ろでは、同じく仕事着のままのカティアが微笑んでいる。彼女もリネットたちの帰りを待っていてくれたようだ。

「それにしても殿下。転移魔術で戻るのは何かあった時だと伺っておりましたが、『何か』がありましたか？」

「別にバレたわけじゃない。裏口からの帰り道に何故か王族がいて、通れなかったんだ」

「王族？　裏口にですか？」

　怪訝そうなレナルドに、リネットも頷いて返す。

　基本的に裏口は、城勤めの者の出入りや日用品などの運搬に使われる出入り口だ。王族や貴族が理由もなく通るはずがない。

　となると、やはり〝密談〟のようなよろしくない単語が頭をよぎる。

「まあ、他国の人間がどこで何をしていても、俺たちには関係のない話だ。それより俺は、最後まできっちりリネットとお忍びを楽しみたかった」

　ぽすっと頭をもたれさせてきた旦那様に、つい笑みがこぼれる。わずかな時間ではあったが、あの冒険のような道のりは確かに楽しかった。

「機会があったら、またお忍びに行きましょう」

「ああ、まだ日数もあるしな」

　二人で笑い合えば、今日の楽しい思い出に胸が温かくなる。

　他国の城で遊んでいては怒られてしまいそうだが、審査員なんて役割を引き受けるのだから、少しぐらいは大目に見て欲しいところだ。

「そうだ、レナルド。今からソニア王女に連絡をとれるか？　一点確認したいことができた」

「今からですか？　人使いが荒いですね。一応聞いてみますが、明日の報せになるかもしれませんよ」

　思い出したように告げるアイザックに、レナルドはすぐ廊下へ駆けていった。今日は休みますと言っていたのに、やはり真面目な側近だ。

「そういえば、パレードのことを確認しなきゃでしたね」

「もう日もないしな。俺たちには関係ないとは思うが、念のためだ」

　何しろ、見合いの席に審査員なんて意味不明の役でねじこまれた前科がある。

　……もしかしたら、裏口に集まっていた王子たちは、そのパレードについて相談をしていたのかもしれない。

「ともあれ、今日は楽しかったな。せっかく旅行にきたのだから、こういう日もないとな」

「はい！」

　最後の最後で意外なものを二つも見てしまったが、今日が楽しかったことは間違いない。

　町で見た美しい景色を思い出しながら、お忍びデートの一日はゆっくりと更けていった。

＊　＊　＊

しっかり遊んだ翌日、有能なレナルドがすぐ動いてくれた甲斐があり、公務の休憩時間になら ソニアに会えることになった。

ただ、時間は決めたが前後するかもしれないということで、それまでは王城見学にあてさせてもらっている。もちろんこれも、許可を得た上でだ。

「きれいなお城ですよね」

最愛の旦那様にエスコートされながら、ほのかに潮の香りがする道をのんびりと進んでいく。

アイザックは念のためいつもの軍装だが、リネットはドレスではなく、また普段着風のワンピースだ。

臙脂と白の二色を使った大人しい意匠のそれは、裾もふくらはぎが隠れる程度でかなり歩きやすい。装飾も同じ二色のリボンとレースのみなので、軽くてありがたい装いだ。

昨日の服ほどではないが、王城を歩くのに必要最低限のお洒落、といったところだろう。

今日は護衛のレナルドもいるが、気を遣ってくれたのか、いつもよりも遠めに距離をおいてついて来ている。気分的には、今日もまたちょっとしたデートだ。

「やっぱりこのお城、すごく芸術的ですよね」

「そうだな」

二人で歩けるだけでもリネットは幸せなのだが、城内の様々な場所が面白くて、つい足を止めて見入ってしまう。

絵画や骨董(こっとう)などの美術品を飾るのは王侯貴族の嗜みだが、このマクファーレン王城は造りそのものにもこだわっているのである。

たとえば窓の形、たとえば椅子の背もたれ。そうした当たり前にあるものに凝った意匠が施されているものだから、見学も全く飽(あ)きないのだ。

もちろん、リネットたちが暮らすロッドフォード王城も素晴らしいが、方向性が違う芸術のように感じる。この辺りも異国ならではだろう。

残念ながら、こだわりすぎて機能性を損(そこ)なっているものも一部あったが、それはそれだ。取り入れられる良い部分は、どんどん取り入れていきたいと思う。

床の絨毯(じゅうたん)一つに怯(おび)えていたリネットが提案したら、皆に驚かれてしまいそうだが。

「昨日も思ったが、リネットが異国の文化に興味を持つのは意外だったな」

「私も意外ですよ。そもそも、ロッドフォードから出たことがありませんでしたし」

「それもそうか」

歩いていた廊下の先は、中庭へ繋がっていたらしい。心地よい太陽の光に照らされるそこも、咲いている花がロッドフォードとは全く違う。

雪の姿はどこにもなく、木々にはすでに緑の葉が生い茂っている。たった十日程度の距離で、別の世界に来たようだ。

「でも、初めて見るものに触れていると、やっぱりわくわくしますね」

「そうだな。……もっと早く、お前に見せてやれたらよかったな」

海から吹いてくる風が、アイザックの深紅の外套を揺らす。その様がどこか寂しそうに見えて、リネットは繋いでいた手に少しだけ力を込めた。

「今来られたからよかったんですよ、アイザック様。以前の私では、こんなきれいなところ緊張して歩けませんから。貴方と結婚できて、隣に立つことを許された今だからこそ、異国の文化を楽しむ心を持てたんです」

彼の目をしっかりと見つめて伝えれば、アイザックは一瞬立ち止まった後、はにかむように微笑んだ。いつも凛々しい彼にしては、ちょっと珍しい表情だ。

「ありがとう、リネット。……幸せだな」

「はい、私は世界で一番幸せな妻です」

リネットも笑い返せば、温かい空気が満ちていく。

何にも追われない、のんびりとすごせる時間はとても心地いい。王太子妃のままでも、こんなに穏やかな気持ちでいられるとは思わなかった。

「おーい、アイザック君、リネットさん！」

そんな二人の時間を遮るように、反対側の廊下から声がかかる。お相手はもちろん、待ち合わせをしていたソニアだ。

「待たせたかな、可愛い子猫ちゃん」

「いや、時間通りだ。忙しいところ悪かったな」

「アイザック君、少しぐらいはボクに反応してくれてもいいんだよ？」

しっぽのように長い髪を揺らして近付いてくる彼女に、アイザックは素知らぬ顔で答えている。恐らくは、子猫という呼称がリネットのことを指しているからだろう。

「まあ、キミのつれないところも魅力的だけどね。それで、ボクに確認したいことというのは何かな？　問題があったなら、すぐに対処するよ」

「いえ、問題ではないんですが」

どんどん呆れた顔になっていくアイザックに代わり、リネットが昨日聞いたことを説明する。城下町で聞いたと言えばお忍びがバレてしまうので、あくまで噂を耳にしたという体で。

「そっか、キミたちにも話が届いていたんだね。ボクから直接伝えようかと思っていたのだけど、ちょうどよかったよ！」

果たして、ソニアは満面の笑みでリネットの話を肯定した。

「じゃあ、明日は本当に立太子記念のパレードがあるんですね？」

「そうなんだよ。どうしても見たいという要望が多くて、ボクらも断りきれなかったのさ。美しさは罪だね……」

フッ、と儚げな笑みを浮かべてポーズをとるソニアを見て、リネットもアイザックも言葉につまってしまう。

今まではソニアの冗談だと思っていたが、昨日の熱気溢れる姿絵屋の様子を思い出せば、それが真実であるとわかってしまうからだ。

……実は今も、ソニアについてきた侍女たちが、うっとりした表情でこちらを見つめていたりする。パレードが国民側からの要望で実施されるのも、きっと本当だろう。

「とは言っても、ごく小規模なものだよ。何かある度にパレードをしていたら、ボクらも困ってしまうからね」

「ですよね……」

普通の国ではそもそもパレードなどしないので、それを望まれるだけでもソニアの人気の高さが窺える。そうした要望に応えるソニアだからこその人気でもありそうだ。

「リネットさんがもし興味を持ってくれたなら、城壁の上から見学できるように話をしておくよ。ボクの晴れ姿を見届けてくれないかい？」

「え、あの壁登れるんですか？」

「正確には壁自体ではなく、各所の見張り塔にね」

ここに来る時に見た、堅牢すぎる城壁の姿はもちろん思い出せる。あれに登っていいなんて、リネットたちを信用しているからこその提案だろう。

「登ってみたいです、ぜひ！」

「じゃあ話をつけておこうか。リネットさんの目なら、きっと橋を渡るところ以外も見えるんじゃないかな。ボクを可愛い声で応援してくれたら嬉しいよ」

「わかりました、声が届くように頑張りますね！」

すっかり乗り気になったリネットに、アイザックは若干不服そうだ。しかし、元々予定のない身なので、目的ができたならそちらを優先することになる。

「では、明日の予定はこれで決まりだな。また詳しい時間を教えてくれるか」

「パレード自体は午前中だよ。こちらで話をしておくから、キミたち二人はそのまま城壁に向かってくれれば構わないさ。ふふ、楽しみだなあ」

「はい！」

巻き込まれたら大変だと思っていたパレードだったが、リネットにとっては意外にも楽しい予定になりそうだ。

うきうきと話を弾ませるリネットとソニアを、アイザックとレナルドが顔を見合わせて苦笑していたことは、リネットは知る由もない。

休憩時間を割いてもらっただけなので、ソニアとの会談はすぐに終わり、リネットたちは客間へ一度戻って昼食をとることになった。

　ちなみに、滞在中の食事は全て客間でとっているのだが、運んでくれているのは初日に挨拶をした女官を始めとした女性たちである。

　ソニアの客であることを知っているからなのか、彼女たちは非常にリネットたちのことを気遣ってくれて、朝食も今朝からマクファーレン流の甘い品目だけではなく、ロッドフォードに添った塩気のある食事も用意してくれている。

　さすがに毒味はなくせないと謝罪されてしまったが、こうして細かいことにも気を回してもらえるのはありがたいことだ。

（新鮮な海産物を使ってくれてるし、美味しいものが食べられるとそれだけで幸せな気分になれるわよね）

　うきうきしながら昼食を終えたリネットは、午後はまた城内の見学をさせてもらうつもりだったのだが――ここで予想外のことが起こってしまった。

「アイザック殿下。お客様がお見えですが、どうされますか？」

「客？　俺にか？」

　なんと、リネットたちの客間に訪問者がやってきたのである。

（いきなり部屋にやってくるなんて。普通は先に連絡を寄越すものよね？）

　いくらなんでもマナーがなっていないと思うが、訊ねてみれば、相手はマクファーレンの貴族だった。一昨日の夜会でも、アイザックに挨拶をしに来た一人だ。

「急を要する用件かもしれないか……一応、話を聞こう」

アイザックがため息混じりに了承を返せば、静かに怒る客間付きの侍女たちを押しのけて現れたのは二人。中年の男性と、彼によく似た若い令息だ。

「お休みのところ、急にお訪ねして申し訳ございません。先の夜会ではご挨拶のみで、こちらをお渡しできませんでしたので……」

無断訪問の謝罪もそこそこに、男は持ってきた箱を開く。中に入っていたのは、剣を象った外套を留めるための装飾品だった。

よく見なくてもわかるほど大きな宝石がついており、値の張るものなのは間違いない。

「これは？」

「アイザック殿下とのお近付きの印にと、用意したものでございます。どうぞ、お納め下さいませ」

献上するように両手で差し出してくるが、アイザックはそんなものを要求した覚えはないし、挨拶をしただけの他国の貴族から受け取るようなものでもない。

となると、考えられる答えは――賄賂だ。

「悪いが、俺はこれを受け取る理由がない」

「いえ、ですから、ほんのご挨拶の気持ちなのです」

「挨拶ならもう済ませただろう。……この国との付き合い方を考えろという忠告なら、その態度をよく覚えておこう」

「ひっ⁉　そ、そんなつもりでは……」

一瞬で冷たい空気をまとったアイザックに、戦場など知らぬ男は悲鳴を上げる。ついてきただけの子息も、細い肩が震えていた。

「レナルド、お帰りいただいてくれ」

「かしこまりました」

そのまま父子はあっさりと追い出され、客間に再び静寂が戻る。

アイザックは荒い仕草で髪をかき上げると、またため息を落とした。

「なんだったんだ、一体。いや、あれで貴族が務まるとは……」

「そう、ですね」

今の男は、貴族にあまり詳しくないリネットでさえ、どうなのかと思ってしまった。

しかし、そんな微妙な気分の二人に追い討ちをかけるように、カティアが申し訳なさそうに近付いてくる。

「実は、他にもお二人宛ての贈り物やお目通り願いの手紙が沢山届いているのですが、いかがなさいますか？」

「は？」

初めて聞く話に、夫婦そろって瞠目する。

いわく、昨日の思い出に水を差したくなかったのと、客間に置きたくないという理由から、空いている部屋を借りて保管してくれていたようだ。

カティアの案内で訪れた部屋は、言葉通り贈り物の山だった。それも、花などわかりやすい物の他は、包装紙からして高価そうな物が多い。

「お受け取りにならない物もあるかと思いましたので、まだ中は検めておりません。全く手を付けずに保管しております」

「助かる。俺宛ての物は全部受け取り拒否だ」

「かしこまりました。リネット様はどうなさいます？」

「えっ、私宛ての物もあるんですか!?」

カティアに促された一角には、王太子妃殿下と宛名が書かれた大きな箱が多数積まれている。大きさから考えると、ドレスか何かだろうか。

どうやら、マクファーレンの貴族たちは異常に行動力があるようだ。

「私も怖いので、受け取りたくないです。贈り物をされる覚えもありませんし」

「覚えならあるぞ、リネット。送り主の大半が、妙齢の子息がいる家……ソニア王女が女王になった時、王配の立場を望む連中だ」

「ああ……」

「男装王女が俺たちを審査員だと公表したせいで、味方に取り込もうと動いたんだろうな」

急なことにびっくりしてしまったが、アイザックの説明でリネットもようやく理解できた。

同時に、残念すぎる理由に、少し引いてしまう。

「だったら、ますます受け取れないですよ」

「そういうことだな。そもそも俺は、当たり障りのない挨拶しかしていない。ほぼ賄賂だと思っていいだろう。まともな人間なら、いきなり高価な物を送りつけたりはしないはずだ」

はっきりと断言したアイザックに、リネットも心から同意する。

もしこれからお近付きになりたい人がいるとしたら、リネットだってそんな物は贈らない。

まずは心を込めた手紙からだ。

何か物も贈るなら、それほど高価ではないお菓子や花など後に残らないものぐらいだろう。

ドレスや装飾品など、好みによるような物は絶対に選ばない。

「こちらはまともな相手がいればいいが」

そう言ってアイザックが受け取った手紙は束になっており、それなりの厚みがあった。たった一日でこうなるのだから、恐ろしい話だ。

「次の夜会までこれが続くとしたら、たまったものではないな。これもまた、ソニア王女に話をする必要がありそうだ」

「そうですね。これはちょっと……」

カティアが早速呼んでくれた城の者たちが、台車を使って贈り物を運び出していく。

そのなんとも言えない奇妙な光景に、夫婦はそろってため息をついた。

＊＊＊

さて、昨日はちょっとした珍事もあったが、滞在四日目。本日は、ソニアの立太子記念パレードの日だ。

前日の約束通りに、城壁の見張り塔へ登る許可をもらったリネットとアイザック、護衛のレナルドは、今日も比較的軽装で眼下の石橋を見下ろしている。

（うわ、高い……！）

初めて訪れた時にも馬車から見上げて震えたものだが、実際に登ってみると思っていた以上に高い。だがその分、リネットの優れた視力をもってすれば、城下町のずいぶん遠くまでを見渡せる絶好の席だった。

「これは、高いところがダメな人間だったら、立つだけで失神できますね」

「なんだレナルド、お前は高所が苦手なのか？」

「私は平気ですが、うちの部隊に何人かいますよ」

人なんてほぼ点じゃないですか、と笑う彼に、塔に勤めている兵士たちもかすかに笑いをこぼす。高所がダメな人間には、この素晴らしい景色もただの拷問になりそうだ。

「あっ、いらっしゃいました！」

ギイ、と低く響く音に合わせて開かれた門から、大型の馬車が歩み出てくる。二人の御者が操る馬は四頭、屋根のない車体部分には、白い花で飾られた背もたれがそのまま露出していた。続けて、護衛と思しき騎乗の兵士たちが左右に三人ずつ並ぶ。いずれも白馬で、兵士たちの肩にも純白のサッシュがかかっていた。

「ソニア様！　いってらっしゃいませ！」

リネットが声を張り上げて呼べば、唯一馬車に座っている彼女の顔が思い切り上を向く。そのままとびっきりの笑顔を浮かべて、リネットに手をふってくれた。

普通なら無視できる距離だが、リネットなら見えるだろうとしっかり反応してくれたのだ。彼女の優しさに胸が温かくなる。

「では、出発！」

高らかに響く楽器の音を合図に、真っ白な馬車が進んでいく。ソニアの後ろにはもう一台屋根のない馬車が続いていて、そちらに楽団が乗っているようだ。

踊りたくなるような軽やかな音楽が響き出すと、パレードを迎え入れる町のほうでも歓声が上がっていく。

「俺にはあまり見えないが、どんな感じだリネット」

「えっと……橋を越えたすぐから、すごい人だかりですね。それも、前列にいるのは若い女の人たちです」

「ああ……」

二日前に見た光景を思い出し、二人そろって苦笑をこぼす。けれど、どんな層であれソニアが認められているのは、とても喜ばしいことだ。

リネットたちがいつか見た、ソニアをないがしろにする元第一王子派の使節団の者たちよりは、何十倍もいい。

「きゃー！　ソニア様あああ!!　こっち向いてー!!」

「立太子おめでとうございます！　一生ついていきます!!」

馬車が橋を越えると、歓声は一気に黄色い声になって城壁まで届いてきた。あの姿絵屋の光景を見ていないレナルドなどは、鳩（はと）が豆鉄砲をくらったような顔をしている。

リネットの目には彼女たちが花びらを撒（ま）く光景も映っているので、現場はそれはもう大変な盛況ぶりだろうことが想像できた。

「え、あの、女性ですよね？　ソニア王女殿下でお間違いないですよね？」

「間違いないな。レナルドが以前調べてくれた話が真実だっただけだ」

「こういう支持層は想定してませんでしたねえ」

どこか遠い目で話す主従二人の前にも、風に乗って飛んできた花びらが舞っている。青い空と海の景色によく映える、美しい白い花だ。

……今になって思えば、立太子式の時にソニアの周囲に集まっていた女性たちも、同じソニアを支持する者だったのかもしれない。

(巻き込まれたら困ると思ってたけど、こんなに盛況なら巻き込まれてもよかったかもしれないわね)

予想外の支持層ではあるが、姿絵を求めていた客たちも、今ソニアに花を撒く女性たちも、心の底から幸せそうに笑っているのだ。

自分の好きなものを全力で愛する姿勢はシャノンにも通じるところがあり、見ているこちらまで楽しくなってくる。

「素敵なパレードになってよかったですね」

「まあ、そうだな」

歓声を引き連れて、ソニアを乗せた馬車はゆっくりと城下町を進んでいく。大型の馬車ということもあり、大通りを一周して戻ってくる短いコースのようだ。

馬車が動き出してから賑やかさは途絶えることなく、町には祝福の空気が満ちている。これこそ、次代の王に相応(ふさわ)しいものだ。

「嬉しそうだな、リネット」

「それは嬉しいですよ。私の大事な方が、皆さんに祝福されているんですから」

そっと肩を抱き寄せるアイザックに、リネットも素直に寄り添う。

これなら、七日後のお見合い夜会とやらも、心配する必要はなさそうだ。

「……と、そろそろソニア様が戻ってこられま……うわあ」

建物に隠れていたソニアの馬車がまた視界に入った途端、思わず淑女らしくない声がもれてしまった。

行きとは逆に、城に前面を向けて進んでくる真っ白な馬車——の周囲には、花籠を持った若い女性たちがぞろぞろと続いていたのだ。

馬車や護衛たちの邪魔にならない絶妙な位置どりをしている辺りが、彼女たちの〝慣れ〟を感じさせる。こういうおとぎ話があったなと、こっそり思ってしまったのは内緒だ。

「解説してもらわなくてもわかりそうだが、後ろのあれは女か？」

「ですね。本当にすごい人気ですね、ソニア様」

ソニアが素敵な女性であることはリネットもわかるが、あれほど同性を釘付けにする要素は一体なんだろう。男装をしているからか、それとも気障っぽい喋り方だからか。

（どちらにしても、あまりわかっちゃいけない気もするわね）

ついてきた女性たちは彼女たちなりのルールがあるようで、全員石橋に踏み込むことはせず、ピタッとその境目で停止している。礼儀正しく、ソニアに迷惑をかけないように応援するその姿勢は、いっそ天晴れと褒めたいぐらいだ。

「――ッ！」

……その楽しそうな光景を前にして、突然アイザックが右腕を正面に突き出した。

同時に、リネットの肩を掴(つか)んでいた左手も、慌(あわ)ただしく離れている。

「アイザック様⁉」

「殿下！」

いきなりの行動に、レナルドもすぐ剣の柄(つか)に手をかける。

一瞬で場の空気が張り詰めるが、依然として眼下に広がるのは祝福の光景だ。

「……リネット、俺の視線を辿ってくれ」

いくらか待って、アイザックが前を向いたままリネットに問いかける。

見つめていたのは、石橋との境目。人がごった返すその場で、女性たちよりも頭一つ大きな人影が、くるりと城壁に背を向けるのが見えた。

「男性、でしょうか。あの方が何か？」

「この距離では俺は視認できない。だが、あの方向からよくない類(たぐい)の魔術の気配を感じたから、牽制(けんせい)しておいた」

「えっ⁉」

アイザックの発言に、見張り塔の兵士たちも武器を握り直す。リネットから手を離したということは、何かしら魔術を使ったのだろう。速すぎて全く目で追えなかった。

「どんなやつだった？」

「周囲の皆さんよりも背が高かったですし、肩幅から見ても恐らく男性です。短い黒髪で、白い服を着ていました」

「そ、そんなところまで、この距離で？」

淡々（たんたん）と答えるリネットに、兵士たちのほうが驚いている。見張り塔に立つなら彼らも視力に自信があるのかもしれないが、リネットのほうが上のようだ。

「黒髪の男だな。念のため、情報を共有しておいてもらえるか」

アイザックが声をかけると、兵士の一人が大急ぎで塔を降りていった。

その間にも馬車は平然と橋を渡っており、門の前まで到着したソニアが、リネットに向かってまた手をふってくれている。

彼女や馬車に被害はなかったようで、深い安堵の息がこぼれた。

「せっかく、素敵なパレードだったのに」

最後にケチをつけられてしまい、ぐっと胸元を掴んで怒りを抑える。

黒い髪の男の魔術師……その情報の他に、リネットが見てしまったそれは、もう一つ嫌な予感を覚えさせている。

白くて、聖職者のような地味な正装。つい最近、別の場所でも見た気がするその衣装は、リネットもよく知っている魔術大国の王子がいつも着用していたものだ。

男の衣服は、それによく似ていた気がした。

(まさか、魔術師協会が、かかわっているかもしれないの……?)

未だ祝福の空気に満ちたソニアたちとは裏腹に、リネットの背中を冷たい汗が流れ落ちる。

なんとも言えない胸騒ぎに、ただ強く手を握り締めた。

４章　友のために今できること

マクファーレンに来て五日目の朝は、アイザックへの訪問の予定から始まった。

お相手は、二日目にわらわらと届いた手紙の送り主の一人だ。

ソニアにも王配候補にも全く関係のない人物ということで、唯一会談を許可したのである。

……ただ何故か、〝できればアイザック一人で〟という注釈がついていたことが、リネットは少しひっかかっていた。

（夫婦で訪問しているのだから、よほどのことでなければ私の同席を止めたりしないわよね）

戦いの話ならリネットがいないほうがいいかもしれないが、相手は軍部の者ではなく、ごく一般的な貴族だと聞いている。

それでアイザック一人だけを指定するのは、どうにも嫌な予感がしてしまうのだ。

「別にリネットが同席してもいいと思うが」

「いえ、こういう時は相手の要望を叶えてあげた上で、自分は傍に隠れて様子を窺うのが良いとお聞きしました」

「誰の知恵だ？」

「ブライトン公爵夫人です」

淑女として、あるいは妻としての色々を教えてくれる師の名前を挙げれば、実の息子であるレナルドが部屋の隅で頭を抱えた。どうやら息子は、母親から教わっていなかったらしい。

そして公爵夫人は、こうもリネットに教えてくれていた。この提案をした時、何も問題がなければ、きっとアイザックは許してくれる、と。

「俺はどちらでも構わないが、先人の知恵に倣うなら隠れていてもらうか」

「はい、何かあった時にはすぐに飛び出しますね！」

固く誓うリネットに、愛しの旦那様は微笑みながら髪を撫でてくれる。

そもそも、まだ新婚の夫婦を別にしようとする時点で、いい印象など抱けなくて当然だろう。

（なんでもない話ならいいのだけど）

アイザックを疑う理由は毛ほどもないので、マクファーレンの貴族に対して、つい不信感が募ってしまう。

ソニアが治めるであろう民を悪く言いたくないが、賄賂の件があった以上は、警戒するに越したこともないのだ。

繋がる扉をほんのわずかに開けておいて、リネットは寝室に隠れて客人の訪れを待つ。

人前に出てもいいよう、カティアに必要最低限の支度はしてもらったが、これが無駄になることを願うばかりだ。

ほどなくして、客間の外で控えていたレナルドが客人の来訪を伝える。

こんなことに使いたくはないが、リネットの狩りで鍛えた視力をもってすれば、扉の隙間から部屋の様子を窺うぐらいは造作もない。

「……あ」

レナルドが通した人物を見て、思わず低い声が出てしまった。

現れたのは、ゴテゴテと派手に着飾ったいかにも貴族らしい男性と……彼の後ろをついてくる、妙齢の美しい女性だった。

女性を連れてくるという話は、もちろん聞いていない。届いた手紙にも、そんなことは一文字も記載されていなかった。

アイザックはこちらに背を向けて座っているので顔が見えないが、彼らを連れてきたレナルドの顔は、明らかに引きつっているようだ。

(驚くのはわかるけど、レナルド様はどうしたのかしら)

基本的に笑顔を絶やさないレナルドが、他人がいるところで表情をはっきりと変えるのは珍しい。それも、冗談のように呆れているわけでもなければ、戸惑っているのとも違う。

「本日は私どものためにお時間を作って下さり、ありがとうございます、アイザック殿下。これは、私の娘のリュシーと申します」

男が体をずらすと、娘が一歩前に出て淑女の礼の姿勢をとる。

朱色のドレスはかなり扇情的な意匠で、彼女の豊満な胸の谷間を惜しげもなく見せつけていた。男ならば皆、こういうものが好きだろうと決めつけるように。

(ん?)

彼らが頭を下げている間に、レナルドの顔が勢いよくリネットに向けられる。

……そこに浮かんでいた表情は、焦りだった。

「娘を連れてくるとは聞いていないが」

「こ、これは失礼をいたしました。緊張のあまり、書き忘れてしまったのかもしれません」

彼らの挨拶に応えることなく、アイザックが返したのは恐ろしく低い声だ。

元々彼の声は低めで、背筋に響くような心地よい声質なのだが、今のそれは怒っている時のものだ。

その証拠に、レナルドが首を小さくふっている。まるで助けを求めるような仕草につられて視線を動かせば、男の娘の顔は、青を通り越して土気色に変わり始めていた。

「時間が惜しい。用件を聞こう」

「は、はい。アイザック殿下は、まだ奥様がお一人しか決まっていないとお聞きしまして。もしよろしければ、私の娘を候補に……」

——次の瞬間、彼の言葉を遮るように、リネットは思い切り寝室の扉を開いた。

突然現れた王太子妃に、男は眼球が飛び出るほど見開きながらリネットを見る。

だが、そんなことは気にしていませんという体で、リネットも淑女らしい礼の姿勢をとった。

「突然お邪魔して申し訳ございません。ですが、少々愉快なお話が聞こえたものですから」

続けて、笑顔を保ったままアイザックの隣に近付き、そっと肩に触れた。不自然だろうと何だろうと、今は彼に触れなければならない。

「ご存じないようですので、私がお答えいたしますね。我がロッドフォード王国は、国王も一夫一妻と決まっております」

にっこり、とできる限り最上の笑みを浮かべて、明確な拒否を示す。

そのまま、リネットの意図を汲んだレナルドが、有無を言わさず二人を客間の外へと連れていった。追い出したと受け取られるかもしれないが、これが最善なのだから仕方ない。

「……アイザック様、体質が出るほどお嫌だったんですか？」

扉が閉じる音とともに、リネットは肺の中の空気を全部出す。

そう、アイザックは今、幼少期の彼を苦しめた体質こと、女性避けの魔術を発動させていたのだ。恐らくは、意図的に。

あのままアイザックと会話を続けていれば、彼女は間違いなく医師のもとへ担ぎ込まれる事態になっていただろう。レナルドはアイザックの状態にいち早く気付いたからこそ、あえて焦った様子を見せてリネットに知らせてくれたのである。

「……リネットがいてくれてよかった。いや、了承の返事をするよりも前に、用件を聞いておくべきだったな。あんなくだらない話だったとは」

「そうですね……ちょっとびっくりしてしまいました。隠れていてよかったです」

「まったく、先人の知恵は偉大だな」

ちなみに、知恵こと公爵夫人から教わったこれは、言うまでもなく浮気を確かめる方法の一つだ。アイザックには必要ないと思っていたが、よもや違う理由で役に立つとは、公爵夫人も想像していなかっただろう。

「ああ、気持ち悪い……」

「大丈夫ですか!?　お水でよければすぐお持ちします！」

「水はいい。リネットが隣に座ってくれたら治る」

リネットがすぐにソファに座ると、アイザックの頭がリネットの肩にもたれかかってくる。

戦場では獅子と称される彼らしくない、弱々しい様子だ。

「あの娘には、悪いことをしたな。多分、父親に連れてこられただけだろうに」

「それは仕方ないですよ。貴族の娘の宿命みたいなものですし」

「リネットが止めてくれて、俺もあの娘も助かったな」

そこまで言って、アイザックはそっと目を閉じる。

マクファーレンで知られていないのは仕方ないが、アイザックはかつて『女性嫌い』として有名だった。

これは半分ほど本当で、彼の体質の原因たる心の傷を負わせた犯人は、たいへん豊満な体つきの美しい魔女だったのだ。

その結果、アイザックは〝性を前面に押し出す女性〟が苦手になってしまっている。

（このところ、ずっと平気だったのに）

体質が魔術だったとわかり、制御もできるようになったアイザックは、当たり前のように女性と会える日々を取り戻していた。

それこそ、女性に言い寄られても普通に流せるほどだったので、アイザックがこうして弱ってしまった事態にリネットも内心驚いている。あの娘も、特に魔女には似ていなかった。

「先ほどのご令嬢は、それほど受け付けない感じだったんですか？」

「いや、あの娘がどうというわけじゃない。結婚してこういう機会がなくなったから、油断して制御がゆるくなっていたんだ。ロッドフォードの者は、既婚者に言い寄ったりしないだろう」

「ああ！　なるほど」

アイザックの体質を呼び起こしたのは、まさかの文化の違いだったようだ。

一夫一妻が基本で、かつ浮気を悪とする騎士の精神に則ったロッドフォードでは、既婚者は『男性』ではなく『既婚者』という括りになる。

魅力的だと褒めることはあっても、そういう意味で声をかけることは一切なくなるのだ。

リネットが茶会に招いた積極的な令嬢たちでさえ、アイザックが結婚したら即、次の相手探しに移っていた。最上位の王太子の立場があっても、彼女たちの候補から除外されている。

おかげでレナルドが大変なことになったのも、記憶に新しい話だ。

けれど、複婚が許されるマクファーレンは、どうやら良い相手なら妻帯者だろうが寡男だろうが、女として近付く対象になってしまうらしい。

ロッドフォードで育ったリネットにも、残念ながら理解できない文化だ。

「恐らく、向こうも悪気はなかったのだろう。もう二度と会うこともないし、お互い忘れるべきだな。俺にはリネットがいれば、それでいい」

「……はい、アイザック様」

すり、と甘えてくる姿が大きな犬のようにも見えて、ますます愛しくなってくる。

具合が悪くなってしまった令嬢には、せめて良い縁があることを祈っておこう。

「ただいま戻りました。生きてますか、殿下」

しばらくくっついていると、やや荒い仕草で扉を開けてレナルドが戻ってきた。疲れた表情をしているので、きっと先ほどの父子の世話を焼いてくれたのだろう。

「ありがとうございました、レナルド様。あのご令嬢は大丈夫でしたか？」

「ええ、殿下から離れれば、体質の効果はなくなりますからね。しばらく休ませてからお帰りいただきましたが……元気すぎるぐらい元気でしたよ」

「んん？」

レナルドは特大のため息をこぼすと、つかつかとソファに歩み寄り、そのまま向かいに座りこんだ。いつもの彼らしくない、けれどどこかで見たことがある荒っぽさだ。やさぐれている、とも言えるかもしれない。

「何かあったんですか？」

「問題はありません。ただ、紳士として当たり前の対応をしたら、ご令嬢が私にしな垂れかかってきたり、妾でもいいから付き合って欲しいとか言ってきただけです」

「うわあ……」

立ち直りが早すぎる令嬢の様子に、アイザックも呆然としている。

レナルドは公爵令息として非常に紳士らしい動き方ができる人物だが、反面、女性を近付けなかったアイザックの側近なので、女性関係は驚くほどに真っ白だ。

その状況でアイザックが結婚してしまったため、良家との縁を望む女性たちから、求婚の集中砲火を受けている最中なのである。

おかげで、半ば女性不信になりかけていたというのに、他国でまで言い寄られるなど、女難に憑かれているとしか言いようがない。

（レナルド様の立場はもちろん、外見も整っているし、当然と言えば当然なんだけど）

せめてもう少し大人しい関わり方から始めてくれないと、第二のアイザックが誕生してしまいそうだ。

いや、もうすでになりかけているのかもしれない。令嬢から具合の悪さが伝染ったかのように、彼は青白い顔でぐったりしてしまっている。

「なんだ、その……悪かったな、レナルド」

「いいえ、仕事ですから。婚活中の女性が強かなのは、充分すぎるほど存じておりますし」

レナルドに魔術の才能がなかったことは、世の女性にとっては救いだが、彼本人にとっては悲劇でしかない。

いつか、お淑やかで、清い交際を望んでくれる女性が現れることを願うばかりだ。たとえそれが、レナルドの前でだけかぶっている猫の皮だとしても。

「とりあえず、ご令嬢の心配はいらないみたいでよかったですね。お医者様にかかるようなことになっていたら、さすがに後味が悪いですし」

「そうだな……」

慰めのようによかった点を口にすれば、レナルドの深いため息の音が部屋に響いた。

＊　＊　＊

滞在六日目のリネットたちは、ソニアと面会の予定を立てていた。

やはり自国でのソニアは忙しいらしく、確保できた時間はあまり長くはないのだが、用件は賄賂についてなので、短時間でも多分足りるだろう。

指定されたのは談話室だったが、さすがにちゃんとした装いをするべきということになり、今日はカティアによって淡い水色のドレスを着つけてもらっている。

マクファーレンに来てからは簡素な装いの日が多いせいで、きっちりと支度をすると心まで引き締まるようだ。

（ロッドフォードにいた時のほうがちゃんとしてるなんて、ダメね。気がゆるんでるわ）

いつも楽に支度を終えられる軍装のアイザックたちが羨ましくもあるが、これればかりは仕方ないことだ。古今東西、女の美しさはそれが武器になるのだから。

「よく来てくれたね。どうぞ」

談話室で迎えてくれたソニアは、今日も真っ白な軍装をしている。これが王太子になった今の彼女の〝正装〟なのだろう。

以前のものより装飾は減っているが、容姿が華やかなソニアにはよく似合っている。

（それにしても、このお城は一つ一つの部屋が本当に広いわ……）

集まった部屋は相変わらず店が開けそうなほどに広く、天井も高い一室だ。

一組でもとんでもない額になりそうな桃花心木材の席がいくつも並んでおり、一つ一つの意匠もとても品がいい。

　明かりとりには大きすぎる飾り枠の窓は、換気機能も重視しているかららしい。いわく、こういう部屋は男性が煙草を楽しむのに使うことも多いのだとか。

「私は煙草に縁はないですね……」

「ボクもないよ。この部屋はそういう使い方はしていないから、心配しないでくれたまえ！　匂いが残るからね、あれは」

　やや大仰に肩をすくめるソニアに、なんとなく安堵の気持ちを覚える。

　マクファーレン王城には、他にも酒や煙草を楽しむための部屋や、賭博ができる遊技場などもあったのだが、どれも男性を利用者として想定していると聞いている。

　文化が違うとはいえ、なんとなく男性を主体に造られているのが寂しいと感じていたが、ソニアは特に気にしていないようだ。

（次代の女王のソニア様が平気なら、口を出すことじゃないわよね。それに、これから変わっていく可能性もあるし）

　それにもしかしたら、女性に礼を尽くす騎士の心を根本に置いて造られた、ロッドフォード王城のほうが、世界的には珍しいのかもしれない。

「さて、アイザック君。ご用件を聞こうじゃないか」

　改めて、リネットとアイザックがソニアと向かい合って座る。レナルドは今日は背後ではなく、ソファの横に立った。

　控えていた侍女たちは、きっちりと頃合いを見計らってお茶と茶菓子を用意してくれている。

ソニアから贈ってもらったこともあった、とても良い香りの紅茶だ。

　カティアたちの素晴らしい動きを見慣れているリネットからしても、この城の侍女たちは本当に心配りが行き届いていてありがたい。

「では、早速本題に入ろう。実は、審査員の俺やリネットに取り入ろうとする貴族がいて迷惑しているんだ。ソニア王女のほうから、注意喚起をしてもらえないか」

「おっと、それは穏やかではないね」

　アイザックが合図をすると、レナルドがいつもの用箋ばさみから数枚の書類をテーブルに並べる。それは事前にカティアがまとめてくれた、賄賂の送り主たちの名簿だった。

　三日目に直接会いに来た親子はもちろん、アイザックに複婚を提案してきた昨日の父親と娘の名前も記載されている。

「送られた賄賂は、全て受け取らずに返品しておいた。こんなことは考えたくないが、マクファーレンはこれが普通か？」

「いや、ここまであからさまではないはずだよ。皆ボクのことが好きすぎて、せっかちな行動をしてしまったのだろうね。まったく、困った子たちだ」

　ふふっと口調だけは笑っているものの、ソニアの目は笑っていない。アイザックが賄賂と明言したことも否定しないので、彼女も内心では怒っていそうだ。

　レナルドに了承を得ると、ソニアは丁寧に書類を受け取り、食い入るように読み始める。性急な行動をしてしまった者たちには、もはや明るい未来はないだろう。

「こんなにいるのか……また迷惑をかけてしまってすまないね。彼らのことは、家単位でボクが叱っておくよ」

「そうしてくれると助かる。俺も何度も苦情は言いたくないからな」

　二人が頷き合った様子に、リネットもホッと胸を撫で下ろす。ひとまずこれで、変な贈り物が届くことはなくなるはずだ。

（王太子妃になってから、贈り物そのものが苦手になりそうだわ）

　ロッドフォードでも毎回検閲を挟んでいるが、危険がなくとも変な物だったり、返事に困る物だったりと色々あって、正直あまり良い思い出がない。

　本来は喜んでもらうために用意するもののはずなのに、嘆かわしいことだ。

「……おや？　スレーター侯のところのご子息がいるじゃないか」

　ふと、名簿を見ていたソニアが呟く。アイザックたちが無言のまま訊ねれば、彼女の整った顔に苦笑が浮かんだ。

「ユーインの……ああ、すまない。ボクの弟の第三王子を支援する家の筆頭なんだ」

「第三王子？」

ソニアの返答に、アイザックとレナルドもぴくりと反応している。どうやら、何か意味のある人物らしい。

「あの、ソニア様の弟さんが、何か？」

「第三王子は、元第一王子と同母の弟だ」

「あっ！」

アイザックがあっさりと口にしたことに、思わずソニアの顔を見返してしまう。彼女もどこか寂しげな苦笑を浮かべたまま、しっかりと頷いた。

「その通り、ユーインはあの愚兄の弟だよ。けれど、襲撃にはかかわっていなかったし、あの子は悪い子ではないんだ」

「俺たちもそう聞いているな。母親の第二妃も表舞台から姿を消しているし、襲撃の関係者は軒並み裁判にかけられて、もうほとんど残っていないそうだ」

続けて、ソニアとアイザックが語る内容を、リネットは黙ったまま聞く。立太子式では三人の妃を見かけたが、本当は四人いたようだ。

「アイザック様は、詳しいのですね」

「我々は被害者ですよ。彼らの派閥については『梟』も使って徹底的に調べましたとも」

レナルドにも補足されれば、頷くしかない。元第一王子には、ロッドフォードの国民が強襲されているのだ。それは徹底的に調べるのも当然だった。

　兄グレアムの有能さも知っているので、事実で間違いないだろう。

「別の派閥の貴族がソニア王女の王配候補に名を連ねたということは、第三王子は早々に身のふり方を決めたということか？」

「ユーインは愚兄の一件以降、すぐに王位継承権を放棄したいと言っていたからね。ボクもそれは聞いているし、支援者がこちらに来たってことは、あの子がそう伝えたのだろうね。ただ、賄賂の送り主として出てしまった以上、スレーター侯爵を選ぶわけにはいかないかな」

「それは違いない。今まで支援者の筆頭だったからこそ、別派閥への移動で焦ったのだろうな」

　アイザックが呆れたように息を吐けば、ソニアの表情が少しだけ和らいだ。彼らは生粋の王族同士、やはり通じ合う部分が多いようだ。

（でも、ソニア様にとっては、家族の話でもあるのよね……）

　ロッドフォードとしては、元第一王子は忌むべき相手であるし、彼女の異母兄弟たちも『隣国の誰か』にすぎない。もしまた、迷惑をかけてくるなら、良い感情を抱くこともないだろう。

　しかし、〝友人の家族〟だと思うと、受け取り方が変わってくる。少なくとも、ソニアが『あの子』と呼んでいる第三王子は、嫌わなくてもいいような印象を受けた。

　座っている向きをソニアに向けて少しずらすと、リネットは彼女に向けて笑顔を作る。苦情は先ほど渡した書類で終わっていて、ここからはただの雑談だと伝えるように。

「実は私、ソニア様のご兄弟に詳しくないんです。よかったら、教えていただけますか？」

「え？」

なるべく優しく『友人のことを知りたい』という気持ちを込めて訊ねれば、ソニアの琥珀色の瞳がきょとんと瞬いた。

しかしすぐに、それは喜びの色を浮かべてふわりと柔らかく蕩ける。

「ふふ、リネットさんがボクのことを知りたいと思ってくれるなんて、嬉しいな！　ボクは全部で九人兄弟だよ。弟が三人、妹が四人だね」

「九人!?　そ、そんなにいらしたんですか……」

思っていた以上の人数に、本気で驚いてしまった。ソニアの上に廃嫡された兄がいるとしても、七人のお姉さんというのは大変そうだ。

「ああでも、お妃様が四人いらっしゃるなら、意外と普通なのかも……」

「そうだね。同母兄弟は二人か三人だから、総数を見なければ普通だよ。ボクの母は第三妃で、同母は第三王女だけの姉妹だね」

だとしても、やはり大家族だ。継承問題を考えると、子が多いことは良いことなのか悪いことなのかは難しい話だが。

「妹さんがいらっしゃるんですね。私は兄しかいないので、少し羨ましいです」

「グレアム殿ならお姉さんでもいいんじゃないかい？」

「そ、それはちょっと……」

確かに、外見だけならば彼はこの上ないほど『姉』と呼ぶのに相応しいが、ああ見えて中身はちゃんと男だ。同性でなければ通じないような会話はしにくいし、そもそも彼を姉と呼んでしまうのは、なんとなく負けたような気分になってしまう。

リネットが曖昧に笑って返すと、隣とソファの横でも笑いを堪えたような気配がした。今頃、ロッドフォードにいる彼は、くしゃみでもしていそうだ。

「キミたちはとても仲良しだから、ボクのほうこそ羨ましいよ。ボクは妹のことが好きだけど、妹は照れ屋さんだから、あまり一緒に行動はできなくてね」

「ソニア様……」

ソニアの口元は笑っているが、目はどこか悲しげにリネットからそらされる。もし、王位継承の権利があるだけで関係が冷たくなってしまったのなら、寂しいものだ。

「俺も夜会では、王子にも王女にも全く挨拶ができなかったな。七人全員がいたのか？」

「あの夜のアイザック君は、ボクと同じぐらいモテモテだったからね。挨拶ができなかったのは仕方ないよ」

ややしんみりとしてしまった空気を和ませるように、ソニアが笑みをこぼす。

あの日、リネットが壇上で見かけた人数は、男女合わせて五人だったはずだ。

「夜会に参加していたのは五人だよ。他国に嫁いでいる第二王女と、留学中の第五王女が帰ってこられなかったんだ。戴冠式には必ず来ると言っていたけれど、ずいぶん先の話だね」

（やっぱり、あの壇上の方々がソニア様の兄弟だったのね）

普通に考えれば五人でも充分多いのだが、全九人と聞いていれば『足りない』と感じるから不思議なものだ。

そして、その誰ともアイザックが挨拶をしていない辺りが、なんともいえない気分になる。

ソニアも言う通り、アイザックが囲まれていたのは間違いないが、もし王族が近くに来たなら、貴族たちも順番を譲ったはずだ。

（もしかして、アイザック様も私もソニア様の招待客だから？）

立場の高い者が、派閥や繋がりを大事にするのはリネットも知っている。特に、皆が集まる場で自分が招待した者を丁寧にもてなすのは当然のことだ。

逆に、自分とはかかわりがない者を軽視してしまうのもわからなくはない。〝差〟をあえて見せるのも、社交界らしいやり方だろう。

だが、アイザックは隣国の王太子である。この国の者、ましてや王族ならば、誰とでも関係のある相手だ。何せ、国王がその姿勢を示しているのだから。

そのアイザックを軽視するなど……それも、理由がソニアと仲が良いからだとしたら。貴族の世界に詳しくないリネットから見ても『子どもっぽい』と感じてしまう。

（ソニア様が選ばれたのはもう決定事項なんだから、今更羨んでも仕方ないでしょうに）

それこそ、慌てて〝ソニア派〟へ移動しようとした貴族たちのほうが、まだ流れを理解していると言えなくもない。

(それとも、決まったばかりだから、まだ諦めきれていない人がいるのかしら?)

「……リネット?」

「はっ! す、すみません」

ない頭で色々と考えていたら、いつの間にかアイザックにしっかりと顔を覗き込まれていた。向かいのソニアも、立っているレナルドも、どこか心配そうにリネットの様子を窺ってくれている。

「色々考えていたら、つい難しい方向にいってしまって……」

「何か考えるようなことがあったか?」

首をかしげるアイザックに、とりあえずなんでもない旨を返す。

ソニア本人にも伝えていたが、アイザックはこの国の事情に干渉するつもりはないと言っているし、しないことが正解だ。

リネットも審査員なんて予定は控えているものの、ただの招待客の一人にすぎない。ソニアの事情に口を挟むなんて図々しいことは、すべきではないのだ。

「本当になんでもないんです。ただこう、ソニア様のご兄弟が、もう少しソニア様を尊敬してくれたらなあ……と思ってしまっただけで」

「尊敬？」

「だって、一番上のお姉さんですよ」

ぼそぼそと呟けば、三人はそろって驚いたような表情を浮かべた。

……難しいことを考えないなら、リネットが伝えたいのは正しくこれだ。

たとえ、血の繋がりが半分だけだとしても、ソニアは他の七人のお姉さんだ。それも、父親から跡継ぎにと指名された、立派なお姉さんである。

上の兄弟を尊敬するのは、例外はあれど一般的には当たり前のことだ。リネットだって、グレアムのことを尊敬している。

「立派なお姉さんを弟・妹たちが尊敬してくれたら、きっと素敵だなあと思ってしまったのですが、やっぱり考え方が甘いですよね……すみません！」

「いや……素敵な考えだと思うよ。ボクたちは歳が近いものだから、姉や兄という感覚が薄かったのだけど」

頭を下げるリネットに、少しぼんやりしたようなソニアの答えが聞こえる。

そっと顔をあげて見れば、ソニアの口角がゆっくりとあがっていくのが見えた。

「ふふ、そうか、『一番上のお姉さん』か。そういえば、ボクは九人兄弟の長女だったな。ははは、こう考えれば、他の兄弟たちがちょっと可愛く見えるかもしれない」

やがて、くすくすと笑い始めたソニアに、リネットの胸も温かくなる。

演技めいた笑い方ではない。きっとソニアの素の笑みだ。

「うん、ありがとうリネットさん。少し気分が楽になったよ」

「お、お役に立てたなら幸いです」

美人の微笑みに、リネットの胸が音を立てる。

同性だとわかっているのに、装いからくる中性さに、頭が誤解をしてしまうのだろう。黄色い声を上げていた町の女性たちも、こんな気分だったのかもしれない。

「さて、話は済んだな。俺たちは失礼しよう」

熱を持った頬を押さえれば、アイザックがどこかムッとした様子で行動を促してくる。

ひょっとして、ソニアに妬いてくれたのだろうか。

「急に時間をとってもらって悪かったな、ソニア王女」

「こちらこそ、ボクからのおもてなしができなくて申し訳ないよ。キミたちに迷惑をかけたせっかち君たちは、ちゃんと候補から外しておくから安心してくれたまえ」

アイザックに手を引かれて、リネットもソファを立ち上がる。ソニアの顔は、すっかりいつもの俳優じみた表情に戻っていた。

てっきり妬いてくれたのかと思ったが、どうやらソニアが忙しいからのようだ。残念だが、長居をして迷惑になるつもりはない。

「それではソニア様、また」

「うん、またねハニー」

扉を開けてもらい、礼をして部屋を出る。リネットたちの姿が見えなくなる最後まで、ソニアは手をふってくれていた。

＊　＊　＊

さて、何が起ころうとも、夜は明けて朝がくる。

マクファーレンに滞在して七日目。今日は、リネットとアイザックたちが別々の予定になっている珍しい日だ。

アイザックとレナルドは複数の人物との会談の予定で、今度こそ軍務にかかわる話らしい。

一度失敗していることもあり、今日は少しでも複婚やら妾やらにかかわる話題が出ようものなら、即客間へ戻ると相手にも伝えてあるそうだ。

もっとも、アイザックの元へ押しかけようものなら、害を被(こうむ)るのは相手のほうなので、貴族たちも無理を押すことはないだろう……と信じたい。

そしてリネットは、今日もまたソニアと会う予定になっている。

滞在してからずっと侍女たちが世話をしてくれていたのだが、昨日の夕方に久々に会う燕尾(えんび)服(ふく)の男が報せ(しら)を持ってきてくれたのだ。

初日に会って以降すっかりご無沙汰だったが、彼は彼で二度続けての大規模な夜会準備で忙しかったとのことだ。

そして、届けられた報せがソニアとの会談である。場所は昨日と同じ談話室を指定されており、リネットの都合がつく時間で構わないとこちらを尊重した提案だった。

（ソニア様はお忙しいと聞いていたけど、今日はお休みなのかしら）

もちろん、なんの予定もないリネットは、ちょうど良さそうな時間をお願いして、会談を了承している。アイザックたちが一緒でないのは残念だが、会う相手がソニアなので、彼らも「ほどほどに」と言って特に止めたりはしなかった。

（昨日お話しできなかったことかしら。何にしても、私を指名してくれたんだから、楽しいお茶会にできたらいいいな）

レナルドの代わりにアイザック隊の部下を護衛に、侍従の案内のもと、昨日お邪魔したばかりの談話室へと辿りつく。

「ソニア王女殿下、お客様をお連れいたしました」

侍従が丁寧にノックをするが……しかし、扉が開く気配はない。

「あれ？」

再度ノックをしてもらうも、扉の向こうからは人の気配すら感じられない。

時間を間違えたかと確認するものの、約束よりも少し早いぐらいだ。場所も間違えていない。

「じゃあ、まだ来ていらっしゃらないのかしら」

こうなってしまうと、客人の立場のリネットは動くに動けなくなってしまう。招かれた側なので、許可なく部屋に入るのは失礼になりかねない。

とりあえずは少し待ってみて、どうにもならなければ一度客間に戻るしかないだろう。

（ソニア様、やっぱり忙しいのかしら。お仕事で動けないのかも）

ソニアが約束を破るという可能性が低い以上、別の部分が心配になってくる。さすがに自国の城で、命の危機ということはないとは思いたいが。

「……ああ、鍵は開いていますね」

「え？」

リネットが悩んでいる間に、侍従はドアノブを捻って開けてしまった。

視界に広がるのは、昨日訪れたばかりの美しい一室。しかし、中には誰もいない。

「こちらの部屋は、使用予定がなければ施錠されているはずです。開いていたということは、どなたかいらっしゃったのでしょう。どうぞ、お入り下さい」

「勝手に入っても大丈夫ですか？」

「大事なお客様を、廊下でお待たせするわけには参りません」

侍従が真剣な顔で言うので、そういうものか、とリネットも恐る恐る入室する。当然中は静まり返っており、昨日よりもさらに広い部屋に感じられた。

「私は周囲を捜して参ります。こちらで少々お待ち下さいませ」

「え、あ、待って」

リネットと入れ替わるように侍従は外へ出て、そのまま行ってしまった。慌てて止めたのだが、残念ながら聞こえていなかったようだ。

「せっかちな人なのかしら……」

「とりあえず、扉を少し開けたままで自分は待機していますね」

アイザックの部下はすばやく周囲を確認すると、拳一つ分扉を開けたままで廊下に立った。

「待つしかないか」

リネットは手近なソファの端っこに腰かけて、そっと息を吐く。普通の侍従なら、きっとすぐに戻ってくるだろう。

——そう思っていたのだが。残念ながら、彼はしばらく待ってみても戻ってこなかった。

「もしかして、新人さんだったのかしら……そうは見えなかったけど」

しかし、城に勤める者ならいくら新人でも、勝手に部屋に通してはいけないことや、国賓を自分の判断で置いていってはいけないことぐらい知っているはずだ。それを承知の上でリネットを放置しているというなら、色々と嫌な予感が浮かんでくる。

「失礼いたします。王太子妃殿下はこちらにいらっしゃいますか？」

そうこう考えている内に、誰かが訪れた声が聞こえてきた。

扉の外を見てみれば、息を切らせて立っていたのは、マクファーレンのお仕着せに身を包む女性だった。

（この人は、昨日ソニア様とお話しした時に、紅茶を淹れてくれた侍女さんだわ）

とても香りがよく美味しいものだったので、よく覚えている。侍女はリネットの顔を見ると、深く頭を下げた。

「ああ、よかった、王太子妃殿下！　遅くなって申し訳ございません」

「いいえ、大丈夫ですよ。ソニア様はお忙しいのでしょうか？　でしたら、日を改めますが」

「いいえ、それがその……もし王太子妃殿下さえよろしければ、わたくしについて来ていただけませんでしょうか？」

必死で息を整える侍女の姿勢は、謝罪を示すように頭を下げたままだ。ただリネットを待たせただけならば、こんな態度はとらないだろう。

（やっぱり、何かあったのかも……）

リネットが部下にも確認して了承を返すと、侍女はほっとした様子で先導を始める。

まだ侍従は戻っていないが、彼のほうが勝手に置いていったのだから、大丈夫だろう。

（あれ、ここって……）

マクファーレン王城は、どこも造りにこだわった美しい場所ではあるが、侍女が足を向ける先は、見学の際に開放されていた場所よりもずいぶん奥まったところのようだ。

そう、ロッドフォードでいうなら、リネットたちが暮らしている棟のような場所である。

やがて辿りついた部屋は、他よりも扉が厚く、廊下にも厳重な警備態勢が敷かれている。そのまま、リネットの予想を裏付けるように、丁寧に扉が開かれた。

「リネットさん、よく来てくれた！　大丈夫だったかい？」

部屋の中にいたのは、リネットが約束していたソニアだった。それも、リネットの顔を見て、安堵の息をこぼしている。

「お邪魔してしまってすみません、ソニア様。あの……」

何が、と訊ねる前に、ソニアは丁寧にリネットをエスコートして迎え入れてくれた。

視界にまず飛び込むのは、立派な執務用の机と大きな本棚などだ。やはりここは、ソニアの私室……恐らくは執務用の部屋だろう。

ただ雑談をするだけなら、談話室でいいはずだ。わざわざリネットを連れてきたのなら、やはり問題があったのかもしれない。

部屋の奥の応接用のソファに通されると、先ほどの侍女がまた温かい紅茶と茶菓子を運んできてくれる。心地よい香りに、リネットの心が少し落ち着いた気がした。

「すまなかったね、リネットさん。何ごともなくてよかった」

リネットが人心地ついたのを見計らって、ソニアがゆっくりと話し始める。いつもの芝居じみた態度とは違う、どこか弱々しい話し方だ。

「私は全く問題ないですが、何があったのか訊ねてもいいですか？」

「うん、今のところ大きな問題は起きていないのだけどね」

ふう、と息をこぼしたソニアの琥珀の目が、じっとリネットを見つめてくる。

「まず第一に、ボクは今日、キミと会う約束をしていたことを知らなかったんだ」

「……はい？」

続けてかけられた言葉に、リネットの頭は一瞬固まってしまった。

確かに昨日の今日で、ソニアに時間をとってもらうのは難しいのでは、とは思っていた。

だがリネットの元には、ソニアからのお誘いという形で連絡がきたのだ。場所も昨日と同じ談話室だったので、何か話したいことがあるのだろうと素直に受けてしまった。

「あの、すみません。私の元には、ソニア様からのお誘いという形で、今日のことが伝えられたんですけど……ご存じですか？」

「いや、残念ながら。アイザック君からもキミからも、何の連絡もきていないし、ボクからも出していないよ。だから、とても驚いたんだ」

ソニアが言うには、今日のことはたまたま軍部の人間と会話をした時に発覚したらしい。

〝剣の王太子〟と話す機会を得られたと喜ぶ一方で、リネットは同席しないというので確認したところ、『リネットはソニアと会うことになっている』と本人がまた聞きで知ったのだ。

「でしたら、私をあの談話室に招いたのは、誰だったんでしょう……」

「それはボクにもわからないな。何分、キミがあの部屋に向かったことも、ぎりぎりでわかったぐらいだったんだ。何か起こる前に、間に合ってよかったよ」

　侍女が息を切らせて駆けつけてくれたのも、リネットが思う以上に焦っての行動だったのだろう。何ごともなくソニアに会えたからよかったが、そうでなければ少々気持ち悪い話だ。

「見つけて下さってありがとうございました、ソニア様」

「こちらこそ。面倒ごとに巻き込んでしまったなら、すまないね。本当は毎日キミに会いたいのだけど、なかなか他の者が離してくれなくてね。招待主なのに満足なおもてなしもできなくて、恥ずかしい限りだよ」

　ソニアはへらりと笑うと、カップの紅茶を一気に飲み干した。彼女らしくない少々荒い仕草も、リネットを心配していたからだとわかれば、とてもありがたい。

(それにしても、面倒ごと、か……)

　ソニアが口にした言葉が、ついひっかかってしまう。それは、何かが起こっていなければ出てこない単語だ。

　それに、ソニアの顔にはあまり気付きたくないものが見えてしまっている。琥珀の瞳の下、化粧でも隠しきれないほどの濃い隈（くま）が。

「ソニア様。もしかして、また嫌がらせのようなことを受けているんですか？」

　リネットの口から思った以上に低い声が出て、ソニアが目を瞬いた。

かつて、ソニアがロッドフォードを訪れた際、元第一王子に命を狙われていたが、それ以外にも面倒な嫌がらせを受けていたのだ。

護衛どころか侍女もつけられていなかったり、彼女一人を置いて全員が帰ったりと、元第一王子派の者たちは、ありえない態度をとっていた。

そういった手合いは表舞台から消えたと思っていたが、もしもまだ残っているのなら、非常に腹立たしいことだ。

今日リネットに偽の情報を伝えたのも、リネットをどうにかしようとした可能性はさておき、ソニアへの嫌がらせの一環だとしたら。考えるだけで、胃がむかむかしてしまう。

「心配してくれてありがとう。ボクなら問題ないよ」

「ですが、隈がひどいですよ。眠れていないのではないですか？」

「そうかい？　まあ、ちょっとお疲れなボクも、いつもと違って魅力的じゃないかな？」

「ソニア様はおきれいですけど、やつれているのを魅力と呼んじゃダメですよ……」

たとえ似合っていたとしても、不健康は褒められるようなことではない。

特にリネットが知っているソニアは、いつも元気すぎるぐらいなのだ。どんな理由でも、沈んでいる姿を見たいとは思えない。

「ありがとう、リネットさん。キミがそう言ってくれるだけで、ボクの気持ちは天にも昇るようだよ、可愛い人」

「……本当ですか？」

「もちろんさ！」

ふわりと微笑んでくれた彼女の顔は、本当に少し元気になったように見える。

リネットは政治にかかわることはできないが、もしかしたら、少しぐらいなら彼女の力になれるのかもしれない。

（私にもできることがあればいいのに）

ぼんやりと考えている間に、ソニアの元に紅茶のおかわりが届けられる。

幸い、ソニアの周囲にいる侍女たちはまともなようなので、ロッドフォードであったような低俗な嫌がらせはなさそうだ。

（前みたいに、私をソニア様の侍女役に、なんてことはもう言えないし……）

向かいのソニアを、じっと注視する。

アイザックがいつも隣に座るので感覚が麻痺しがちだが、本来話し合いといえば、こうして向かい合うものだ。

リネットも相談する時は、向かい合って話をしている――シャノンと。

「シャノン様……そうだ！」

リネットにしては名案と呼べそうな思いつきに、つい大きな声が出てしまった。

ちょうど給仕をしていた侍女を驚かせてしまったが、それは後で謝ることにしよう。

「どうかしたのかい、ハニー」

「ソニア様、私が滞在している間、私をソニア様の相談役にしていただけませんか？」

「……は？」

何ごとかと戸惑うソニアに、とにかく思ったまま言葉を伝える。

リネットは政治の話には疎（うと）いし、王太子妃としても新米なので、その方面ではあまり役には立てない。

けれど、ソニアの友人として、味方として、彼女の愚痴（ぐち）なり何なりを聞くことはできる。

ただ一言『疲れた』というだけでも、それを労（ねぎら）ってくれる人がいるのといないのとでは、雲泥（うんでい）の差だろう。話ができる人間がいるというのは、それだけで全然違うものだ。

「えっと、相談役？」

「はい。正確には、聞き役にしかなれないと思うのですけど。私も王太子妃になってから、そういう立場の方を得て、すごく心が楽になったんです。なので、ソニア様も私でよろしければ、ぜひ愚痴をぶつけて下さいませ！」

リネットの熱弁に、ソニアはしばらくぽかんとしたまま固まってしまっている。

「は……あはははは！」

けれど少し経（た）つと、演技とは違う声を上げて笑い始めた。

「す、すまないリネットさん。ちょっと、予想外で……」

「そんなに意外な提案だったでしょうか？」

リネットとしては真面目(まじめ)な提案だったので、笑われてしまうのは想定外だ。

……いや、思い返すと、なかなか恥ずかしいことを言ったかもしれない。

「やっぱり、私なんかに相談役が務まるはずがないですね。つい調子に乗ってしまいました」

「違う違う！　ボクは嬉しくて笑ったんだよ、リネットさん」

リネットがしょんぼりと俯(うつむ)くと、彼女は慌てた様子でソファを立ち、リネットの元まで歩み寄ってきた。そっと握られた手は、とても温かい。

「すまない。そんなことを言われたことがなかったものだから、つい笑ってしまって。キミの心遣いは本当に嬉しい」

「でも、私は頭が良いわけでもありませんし、やっぱりご迷惑じゃあ……」

「迷惑じゃないよ！　こうして今日、ボクに会いに来てくれただけでも、とても嬉しかったんだ」

ソニアはアイザックに倣うようにリネットの隣に座ると、ぽてっとリネットの肩に頭を預けてきた。

さらさらとした濃い緑色の髪が、触れた部分から流れ落ちる。

「ソニア様？」

「……正直に言うとね、ちょっと、あまりうまくいっていなくて。王太子の公務はやりがいがあるのだけど、ボクを〝男ぶった女〟だと気に入らない人も、一定数いるんだよ」

「そんな、国王陛下がソニア様を王太子だと認められたのに？」

ソニアは恥ずかしそうに息をこぼすと、小さく頷く。

いつもの自信満々な彼女からは想像のつかない姿に、リネットの心臓が跳ねた。

「ボクが嫌われるだけなら、まあ仕方ないとも思うのだけど。仕事を教えてもらえないのは困ってしまってね。関係者に聞きながら進めているけど、思わしくはないんだ」

「関係者？　えっと、何が……」

――いわく、王太子として政治に関わるための練習に、王家の直轄領をいくつか任されることになったそうだ。

当然、書物から学んだ知識と、実際に民が暮らす土地を治めるのはわけが違う。ソニアは実際の経験者から助言を乞おうとしたのだが、それがうまくいっていないらしい。

「そこは、今も誰かが暮らしている土地なんですよね？　個人の思惑で仕事を怠るなんて、その方は国民をなんだと思っているんでしょう！」

「ま、彼らがボクに嫉妬する気持ちもわかるよ。ボクは美しい上に、頭も良いから。困り果てて、頭を下げに来ることを期待していたのかもしれないね。今もそれなりに下げているつもりなのだけど、足りないのかな」

ふふ、とこぼしたソニアの吐息がリネットの肩に染み込む。言葉は確かに笑っているのに、なんだか泣いているようにも聞こえた。

「……ソニア様は、本当に素敵な方ですね」

「うん、ありがとう。ボクなりに、やれるだけはやってるよ。幸い、ボクを支持してくれる子たちもいるからね。でも、もしキミが許してくれるなら、たまにこうして肩を貸してくれると嬉しいかな」

「肩でも胸でも貸しますよ！　私がこの国にいられる間は」

ありがとう、ともう一度呟いて、ソニアはそのまま何も言わなくなった。

彼女と会う度になんとなく気になったのは、これが原因だったのかもしれない。

ただでさえ、魔術不耐症という問題を抱えながら頑張っている彼女に、嫌がらせのようなことをするなんて。大人のくせに、狭量な人間もいるものだ。

「本当にお疲れ様です、ソニア様。貴女は絶対に一人じゃありませんから」

「ふふ、ありがとう、リネットさん」

いつもアイザックがしてくれるようにぽんぽんと頭を撫でると、ソニアはくすぐったそうに笑った。

(どうか、ほんの少しでも。この時間が癒しになりますように)

自惚れだとわかっていても、そう願わずにはいられなかった。

＊　＊　＊

「そうか、色々あったな……」

リネットが客間へ戻ると、アイザックとレナルドも先に戻っていたようだった。

定位置とばかりにソファの隣に座れば、いつも通りの安心感にほっとする。帰ってこられる場所があるというのは、何よりも心の支えになってくれるものだ。

なお、『ソニアからの誘い』が嘘であったことも伝えたところ、すぐに燕尾服の男はこの客間の担当から外されたそうだ。

元々会ってはいなかったものの、彼の経歴には大きな傷がついてしまったかもしれない。ただ連絡を仲介しただけだとしても、情報の精査を怠った結果なので、これはもう仕方ない。

また、リネットを置いていった侍従も、きつい罰を受けることになったとの話だ。彼のほうは悪意があったように思われるので、同情の余地はないだろう。

「リネットが無事で、本当によかった」

「はい……。それで、せめてここにいる間は、何かソニア様のお力になれればと思って、相談役にしていただけないかと話してあります。もちろん、毎日通うようなことはしませんが」

「ああ、それはいいと思うぞ。慣れない仕事をしているだけでも疲れるだろうに、嫌がらせも受けているのならなおさらだ。支えてやるといい」

「ありがとうございます！」

アイザックからも許可をもらえたので、機会があればソニアの相談役として動くことができそうだ。ほんの少しでも、彼女の支えになれたら嬉しいと思う。

「ソニア様にも、私にとってのアイザック様みたいな方がいらっしゃったら、よかったのですが。やっぱり難しいでしょうか」

「婚約者がいたら、ということか？」

「婚約者といいますか、恋人といいますか……」

特別に想う方、とまとめれば、アイザックは困ったように眉を下げる。壁際に控えていたレナルドも、同じような表情だ。

「婚約者では難しいかもしれないな。王族の相手なんて、ほとんど〝契約相手〟みたいなものだ。俺とリネットのような関係は、かなり珍しい」

「あっ」

アイザックの発言にはっとする。そうだ、結婚する時にソニアやファビアンも言っていたが、恋愛結婚は王族ではとても珍しいものなのだ。

大抵（たいてい）は家柄その他、重要視されるものが気持ちの他にあり、そちらを優先して結婚する。愛する人と一緒になるためではなく、よりよい関係を結び、血を繋いでいくために。

王族の結婚とは、正しく契約なのだ。

「すみません、私……」

「いや、リネットが気にすることはない。稀有な幸せを得たのは俺も同じだしな」

そう言われると、やはりリネットも嬉しくなる。同時に、ソニアにもこの幸せを手にしてもらいたい、とも思う。

「まあ、王族や貴族の結婚でも、愛情を育むことはできると思いますよ。うちの両親も元々は見合いでしたが、結構仲が良いですし」

「えっ、そうなんですか!?」

レナルドからの援護に、思わず素で反応してしまった。

リネットの淑女教育の師であり、憧れの女性でもあるブライトン公爵夫人は、実は旦那様をとても大切にしている人だ。浮気を確かめるような方法をリネットに教えてくれたのも、彼女が旦那様の浮気を気にかけていたからである。

そして、ブライトン公爵もまた、夫人をとても大切にしている方だと聞いている。未だ妙齢の令嬢にしか見えない美しい奥様を『自分にはもったいない』とこぼしつつも、心から愛しているのだと。

(ご多忙な方だから、私はほとんど会ったことがないんだけど)

それでも、レナルドの両親はとても素敵な夫婦だ。いつまでも新婚のような、アイザックの両親に負けないぐらいに。

レナルドはアイザックとも目を合わせながら、小さく肩をすくめてみせる。

「そうだな、確かにブライトン公爵夫妻は、元は見合いだったはずだ。だが、結婚してから恋をして、愛を育んだんだ」

「結婚してからでも、間に合うんですね」

目の前がぱっと明るくなったように感じて、アイザックとレナルドを見比べる。

順番が逆でも愛を育めるという情報は、今のリネットにはとても魅力的だ。

「本当なら、俺たちのように恋をした相手と結婚をするのが理想的だが、逆だって可能に決まっている。何しろ、子を生さねばならないんだ。互いを知らずして、その結晶が生まれるはずがないだろう」

「殿下、それはちょっと直接的すぎますよ。まあでも、いつだって遅すぎるということはないんですよ。ソニア王女殿下だって、良い王配を見つけられれば、リネットさんと殿下のような関係を築けるかもしれませんよ」

「良い王配を……」

それはつまり、数日後に控えた見合い夜会で良い人を見つけられれば、ということだろうか。

だとしたら、審査員と指名されたリネットとアイザックの仕事は、重要度合いがぐっと増すことになる。

「私とアイザック様が良い方を見つけられたら、ソニア様も喜んで下さるでしょうか」

「あれはあくまで余興だと言っていたが、まあその可能性もあるんじゃないか？」

アイザックはちょっと困ったように答えたが、可能性がほんのわずかでもあるのなら、リネットにとってはとても大事なことだ。

友人が心を預けられる人が、見つかるかもしれないのだから。

「アイザック様、私、審査員のお仕事も頑張ります。すごく、すごく頑張って、良い方を見つけたいと思います！」

「一番重要なのは、男装王女との相性だと思うが。だが、王配としての価値ではなく、愛情を育むことを考えて相手を選ぼうとする人間も、一人ぐらいはいたほうがソニア王女のためにもなりそうだ。気負いすぎない程度にな」

「はい！」

アイザックとレナルドは苦笑を浮かべているが、少しでもリネットがソニアの役に立てるのなら、それはとても喜ばしいことだ。

「本当は、もっとソニア様のために何かしたいですけど……」

「……そうだな」

残念ながら、リネットたちが本当に介入することはできない。いくら隣国でも、ロッドフォードとマクファーレンは別のものであり、互いのために踏み越えてはいけない線があるからだ。

（ならせめて、ソニア様のためにしてもいいことは頑張りたいわ！）

どうか候補者の中に、一人でも素敵な男性がいるように祈って。決意を新たにしたリネットは、強く拳を握り締めた。

＊　＊　＊

草木も眠る深夜。リネットが眠ったことを確認したアイザックは、健やかに寝息を立てる妻に口付けてから、そっと寝室を出た。

隣の部屋では、打ち合わせ通りにレナルドが待っている。彼は小さく頷いてから、折り畳んだ紙を一枚取り出した。

「……やはり、今回の王配候補者として挙げられている中で怪しいのは、どう見ても第二王子ダスティンの一派だな」

「ええ、少し調べればわかる程度に怪しいですよ」

レナルドがまとめた紙には、第二王子と彼を支援する家の息子の名が記載されている。どうやら第二王子派は、貴族以外の層を取り込んだ一派らしい。

本当なら立太子する前にソニアを止めたかったようだが、元第一王子の失態のせいで大きく動けなかったため、王配に食い込んで政治を牛耳ろうとしているのだろう。

……あるいは、今更だがソニアを排除して、自分が王太子になるつもりなのか。

いずれにしても、ソニアにとっては望ましくない派閥だといえる。

「殿下。介入しないとおっしゃったのに、調査させた理由を確認しても？」

「……今だってするつもりはない。だが、妻の顔が曇っている理由を知っていて、夫が放置するのはダメだろう」

「これはまた、甘いことで。わからなくもないですけどね」

困ったように頭を掻いたアイザックに、レナルドも冗談めかした様子で頷く。

アイザックとて、ソニアが疲れた様子であるのは気付いていた。

それが王太子という立場を得たことだけに起因するなら手を出すつもりはなかったが、彼女個人に対する悪意があり、同時に愛する妻の心をも傷付けるというなら、それらはアイザックにとっても『敵』だ。

「ソニア王女の婚姻には、決して介入しない。それでも、リネットの友人が困っているのなら、夫として少しぐらいは協力しても許されるはずだ」

「違いないです。ええ、私も妹に甘いお兄様なので」

強く宣言するアイザックに、レナルドも同意を示して胸の前で拳を握る。

直接介入することはなくとも、情報は武器になるし、何より〝剣の王太子〟はマクファーレンで影響力を持つ存在だ。ほんの少し動くだけでも、ソニアとリネットを悩ませている人物たちを止められるかもしれない。

「しかし、お前が調べるのも限界がありそうだな。俺が動けば目立ってしまうし……『耳』を呼び出してみるか」

手渡された紙を魔術で燃やして消しながら、アイザックは〝こうしたこと〟に最適な人物を思い浮かべて、紫水晶の瞳をゆらりと輝かせた。

＊＊＊

何かとバタバタしていたマクファーレン滞在も、いよいよ明日がお見合い夜会当日となった。

初めは十日も留まるなど困るとリネットも思っていたが、時間は早くすぎるものである。侍女たちが細かく気を配ってくれたおかげで、とても快適な十日間だった。

欲を言えば、町で食べたあの煮込み料理が一番美味しかったが、それはまた機を見て足を運ぶことにしよう。

「マクファーレンって、良い天気の日が多いですよね」

今日もまたリネットは、ソニアとともにすごしている。今日は談話室ではなく、そのテラスに席を用意した、贅沢(ぜいたく)なお茶会の真っ最中だ。

「我が国は冬の間に雨が多いんだよ。それにきっと、リネットさんが来ているから、空も張り切って晴れているのさ！」

相変わらず真っ白な軍装を身にまとうソニアは、椅子に座っているにもかかわらず、華麗にポーズを決めてから囁いた。

数日前には色濃く残っていた隈も、今日はだいぶ薄くなっている。

化粧が濃いわけではなさそうなので、ソニアの心労が少しずつ減っているのだろう。公務に慣れてきた部分もあるだろうが、その一助にリネットがなれているなら、それはとても嬉しいことだ。

——嘘の予定を組まれたあの一件以降、リネットはアイザックたちとも相談して、かかわる人間を徹底的に吟味していた。

どんなささいなことでも怪しい部分がある者とは、一切話をしないようにしたのだ。

あの一件以降も、様々な理由でリネットたちの元を訪れる者はいたが、〝剣の王太子〟アイザックを敵に回すかもしれないと思えば、彼らも強行はできなかったのだろう。

今のマクファーレンにおいて、国王が認めているアイザックを敵に回すことは、色んな意味で不利にしかならないのだから。

(こんな方法で嫌がらせが減ったのなら、あからさまよね。嫌がらせをする人なんて、人としての器が小さくて当然か)

正直に言えば、アイザックの名を借りずとも、リネット一人で嫌がらせを退けたかったが、リネットが切れるカードは〝ロッドフォードの王太子妃〟というものだけだ。

ならば今は、その貴重な立場を使わせてもらって、ソニアの心の安寧（あんねい）を守ることを優先させてもらいたい。

それから、ソニアが治めるといった直轄領の運営が上手くいくように応援と、明日に控えたお見合い夜会で、良い王配を見つけることだ。

（一度のお見合いで決める必要はないだろうけど、一人ぐらいは候補を見つけられたら嬉しいわよね）

リネットたちは、明日の夜会が終わったら、ロッドフォードへ帰らなければならない。それまでに、何か少しでも友人のために残したいと思う。

（ソニア様は美人で素敵な方だもの。王太子という付加価値をなしにしたって、女性として愛してくれる方が絶対にいるはずだわ）

「そういえばリネットさん、キミの相談役の女性は、婚約者がいるのだったね」

あれこれ考えていたリネットを、ソニアの穏やかな問いが連れ戻す。

リネットの相談役といえば、もちろんシャノンのことだ。

「はい。王弟殿下のご子息で、アイザック様の従弟（いとこ）の方とご婚約中ですよ。聞いていてくすぐったくなってしまうぐらいに、その方を大切に想っていらっしゃいます」

「なるほど……」

ソニアはふむ、と一息ついてから、唇を濡らすように紅茶を口に運ぶ。

やはり男装をしていても、思わず見惚れてしまうような女性らしい仕草だ。

「ボクにも、そういう相手が見つかるかな」

「見つかりますとも。見つかるに決まってます！」

「ボクはほら、男性よりもよほどモテてしまう、罪深い人間だろう？　王配を決めなければならないけれど、皆気後れしたりはしないかな？」

「そ、それは……」

結婚に前向きな発言に喜んだのも束の間、姿絵屋で並んでいた女性客や、パレードの様子を思い出して、つい言葉が途切れてしまう。

確かにソニアはモテモテだ。一般的な男性よりも、はるかに女性から支持されている。モテない男性からしたら、気後れしてしまう部分はあるかもしれない。

「本当はね、一人でできるところまで頑張ろうと思っていたんだ。ボク一人で、女性でも男性でもあるようなものだろう？　だけど、リネットさんたちを見ていたら、恋というものにも少しだけ興味が出てきてね」

ふふ、と吐息をこぼした彼女の頬は、照れたように少し赤くなっている。

自身の美しさに陶酔しているような素ぶりはあれど、彼女のこういう愛らしい部分は初めて見たかもしれない。

しかも、そのきっかけがリネットとアイザックだと言うのだから、嬉しくなってしまう。

(シャノン様がここにいたら、一緒に恋バナで盛り上がれたわね)

やっぱり、強引にでも相談役（仮）に立候補をしてよかった。リネットは政治に関わるような難しい話はできないが、恋にまつわる話なら、大の得意分野なのだ。

「ご歓談中申し訳ございません。ソニア様、少しよろしいでしょうか」

そんな席にふと、最近見慣れた侍女が近付いてくる。

「ああ、聞こう。リネットさん、少し失礼するよ」

途端にキリッと凛々しい表情を浮かべたソニアは、彼女を伴ってテラスを出ていった。

誰が見ても王太子らしい、頼れる姿だ。あれもまた、ソニアが皆に見せる顔であり、皆が望む顔なのだろう。

(でもやっぱり、ソニア様と恋バナをしてくれる方も、私の他にもいたら嬉しいな)

ぼんやりとそんなことを考えながら、外へと視線を移す。

よく晴れた青い空の下では、瑞々しい緑が生い茂っている。ロッドフォードではまだほとんどが枯れ木か芽が出たばかりだというのに、この国は暖かくて美しい。

――と、そんな感想だけを抱いて終われたらよかったのに、リネットの良すぎる目は意外なものを見つけてしまった。

「あれは……何をしてるのかしら」

庭の大きな木の陰に隠れるように、四人の男性が話し込んでいる。

内三人は身なりが豪華なので、恐らく貴族だろうとわかったのだが……最後の一人が、リネットも知っている装いだった。

短い黒髪の男性。彼がまとっている衣装は、聖職者のそれによく似た地味なものだが、法衣とは少しだけ違う。

「ファビアン殿下と、同じ服……」

そう、リネットはその衣装をよく知っていた。ロッドフォードに訪れる際に、ファビアンが正装として着用していたものだ。魔術師協会の、幹部として。

「すみません、急用ができたので失礼します！」

リネットは談話室の隅に控えていた別の侍女に伝えると、大急ぎで走り出した。

妙な胸騒ぎを感じる。これはきっと、見落としてはいけないものだ。

「すみません、通ります！」

驚く城の人々に謝りながら、狩りで鍛えた健脚のもと、庭へと急ぐ。

やっとの思いでリネットが辿りつくと、ちょうど彼らは別れの挨拶を交わしているところだった。

リネットの目に、聞こえなくとも男の口の動きが見える。

〝ダスティン殿下〟と。

らっている。

（ダスティン……確か、第二王子の名前だわ！）

ソニアの相談役になったおかげで、彼女の八人の兄弟の名前を、リネットは全員教えてもらっている。

人名を覚えるのは得意ではないが、せめて城に残っている五人の名前は覚えておこうと必死で暗記したのだ。ソニアの友人として、恥ずかしくないように。

（あの切りそろえた短い髪型も、見覚えがある。そっか、裏口で見かけた方だったのか）

ソニアにあまり似ていない第二王子は、にやりと笑って、残りの二人を連れて去っていく。

魔術師協会の正装の男だけが無表情のまま、リネットのほうへと向かってきた。

（あ、まずい！）

「……え？」

はっとした彼の目に、リネットが映ってしまう。深い緑色の瞳に、優しげな顔立ちの若い男性だ。

何故だろうか。間近で見た彼は、衣装以外の部分までも、どこか彼の第四王子に似ているような気がした。

「…………」

彼は無言でリネットに頭を下げると、足早に去っていった。正装に黒い髪の、魔術師だ。

それは、あのパレードの日にアイザックに示された人物と、特徴が一致している。

(そんな人と、目が合っちゃったわ。どうしよう……)

さすがに盛装した女が、一人で散歩中とは思ってもらえないだろう。急いで出てきたせいで、護衛を連れてこなかったのは完全に失敗だった。

(私が彼らを見つけて、様子を見に来たんだって気付かれてるわよね)

しかも、リネットの顔は恐らく皆に知られている。先ほどの魔術師が城に滞在しているとしたら、ロッドフォードの王太子妃であることも気付かれたはずだ。

アイザックが有名なことが、こんなところで仇になってしまうとは思わなかった。

「アイザック様に、すぐに伝えなくちゃ」

心がざわついて、リネットは再び走り始める。

無論、男を追ったりはしない。今のリネットは、自分が一人で無茶をしてはいけない立場だと、ちゃんとわかっているのだから。

5章　魔術と夜会と拗ねた心

「ただいま、戻りました……っ！」

「リネット？」

リネットが大急ぎで客間へ戻ると、アイザックとレナルドが迎えてくれた。カティアはリネットが不在だったので、自身に割り振られた部屋で待機しているそうだ。

「そんなに息をきらせて、どうした？　今日はソニア王女のところじゃなかったのか」

「急いでお話し、すべきものを見てしまって……」

レナルドが差し出してくれた水を、ぐいっと一気に飲んで呼吸を整える。淑女らしくはないが、今は緊急時なので見逃してもらおう。

「第二王子のダスティン殿下が、魔術師協会の方と密談っぽいことをしていたんです！　恐らく、お忍びの時に裏口で見たのも、同じ方たちです」

ひとまず、ちゃんと座って話そうということで、リネットとアイザック、レナルドに分かれて、客間のソファに腰かける。

思い返せば、二日目の夜に裏口にいたことがまず怪しかったのだ。お忍びに出ていたリネットたちが言えたことではないが、王族が裏口に来る用はまずない。

そして今日も、木の陰に隠れて話していた。やましい話をしていることは、子どもでも予想できるだろう。

ダスティンは、皆に隠れて何かをしている。

それだけならリネットも気にすることはないが、一緒にいた男が魔術師協会の正装を着ており、かつソニアのパレードで魔術を使おうとしていた人物となれば話は別だ。

アイザックが危険を察知して牽制した者が、良い人だとは考えにくい。

「つまり、リネットは白い服の魔術師を三度見ているんだな。全部同じやつか？」

「髪の色と衣装が全部一致してます。間違いないと思います」

「面倒なやつがかかわってきたな……」

深く息を吐くアイザックに、リネットも俯いてしまう。

ただの魔術師ならば、アイザックや〝魔術師殺し〟のリネットの敵ではない。

だが、魔術師協会……それも、ファビアンと同じ幹部の正装をしているとなれば、能力的にもかなり厄介そうだ。

しかも、協会はロッドフォードともマクファーレンとも、ついでにヘンシャルとも同盟関係が切れていない。

ファビアン個人との繋がりはともかくとしても、もし協会所属の魔術師が王太子に決まったソニアを害そうとしたならば、国単位の大問題だ。

「実はダスティンについて、少しわかっていることがあるんだ。今の内に伝えておこうか」

「第二王子殿下ですか？　もしかして、彼も元第一王子みたいに、ロッドフォードに何か？」

「いや。ソニア王女の王配候補を見たところ、あの男の派閥が疑わしくてな。俺たちで調べていたんだ」

「は？　調べた……？」

予想外の言葉に、リネットの胸がモヤッとしてしまう。

しかし、アイザックは全く気にした様子もなく、淡々と話を続けていく。

いわく、ダスティンは第四妃の息子で、貴族よりも商家や宗教家などの支援者が多い王子らしい。とりわけ、ネミリディ派と呼ばれる宗教一派に支持されていて、その関係者がソニアの王配候補に多く名を連ねているとのことだ。

「……聞いたことがない宗教ですね」

「ロッドフォードはあんまり神様を信じない国ですからね。マクファーレンで最近急に盛んになったと言われる教派の一つらしいです。貴族の男性を中心に支持されているとか」

レナルドの解説によると、教義の一つに『女性を慈しみ、守るべき』というものがあるのだが、これが実は『女性は子を産むための存在だから、家に閉じ込めて守るべきだ』という意味らしい。

「ものすごく簡単に言うと、男性至上主義を掲げる一派のようだな。ダスティンを支持する貴族は表向きそれほど多くないが、宗教を通じて支援している者は多そうだ」

「うわぁ」

あんまりな内容に、リネットの頬が引きつってしまう。

そういえばソニアも、〝女の自分を快く思っていない者がいる〟と言っていたので、もしかしたらこの宗派の男性だったのかもしれない。

「ひょっとして第二王子殿下は、女性のソニア様が気に入らないという理由で、何かしようとしているんでしょうか？」

「残念ながら、その可能性が高そうだ。王配の立場に食い込んで、裏から操ろうとしている説も考えていたんだが、件のネミリディ派の教えを知ると、ソニア王女を引きずり降ろそうとしている可能性のほうが高そうだ」

「立太子した後にしなくても……」

思わず呆れてしまったリネットに、アイザックとレナルドも同意を示す。

先の元第一王子もそうだったのだが、マクファーレンの王子たちはやることがずさんというか、どうにも足りていない作戦が多いと感じてしまう。

「考え方の問題だろうが、ダスティンは第一王子が失脚した時点で、自分が王太子になると確信を持っていたらしい。だから、ソニア王女が立太子したことを横取りされたと逆恨みしているようだな」

「横取りって、国王陛下は一言もそんなことを言っていませんよね？」

「当然だ。だから、ソニア王女が王太子になっただろう」

「男性が王位を継ぐのが当たり前という思考なのでしょう。昔はそうでしたが、今のマクファーレンはそんなつまらないことにこだわるとは思いませんけどね。これまでにも、女王は数名いたようですし」

最初から誰のものでもなかった立場に対して、思い込みも甚だしい話だ。

ロッドフォードを奇襲した元第一王子すらも王太子ではなかったのだから、年功序列ではないことをダスティンも知っていただろうに。

「ただまあ、残念ながら。性別とは異なる衣装を好むソニア王女殿下を『異端』と捉える方はそれなりにいるようです。その辺りで賛同しているお年寄りも、結構いらっしゃるようですよ」

「……服装でその人の中身が変わるはずないのに」

気持ちは切り替わるだろうが、男装したからといってソニアの本質が変わるわけがない。それこそ、上っ面しか見ていない者の発想だ。

あるいは、〝女はこうあるべき〟という偏った発想なのか。

（……それにしても、詳しいわね）

ロッドフォードにはない宗教について、彼らはずいぶんちゃんと調べていたようだ。リネットはその名前を、聞いたこともなかったのに。

「とにかく、俺たちはダスティンとネミリディ派の情報を一応追っていたんだ。だが、魔術師協会がそちらに加担しているとしたら、極めて面倒な話になるな」

「そうですね。ダスティン殿下が、魔術に造詣が深いとも聞きませんが」

（ああ、やっぱり。結構ちゃんと調べてらしたのね）

当たり前のように〝情報を追っていた〟と話すアイザックとレナルドに、そんなことを言っている場合じゃないとわかっていても、またモヤモヤした気持ちが出てきてしまう。

リネットは今日初めて、裏口で見かけた人物がダスティンだったと気付いた。なのに、アイザックたちは少し前から彼に怪しい部分があると知っていて、情報を集めていたという。

（いつから、怪しいと思っていたのかしら）

ひょっとして、裏口で見かけたあの日から、もう調べ始めていたのだろうか。密談をしていたのがダスティンだと、あの時から気付いていたのか。

リネットには、何も伝えることなく。

「リネット？」

「それで、アイザック様はいつから第二王子派が怪しいとご存じだったんですか？」

「……あ」

つい低い声が出てしまったリネットに、アイザックの顔からさっと血の気が引くのが見えた。

……彼は、リネットが質問して初めて、伝えていないことに気付いたのだ。

つまり、リネットに伝える気はなかったということ。伝える必要がないと、アイザックは考えていたということになる。

（私には、関係ないとでも？）

モヤモヤしていた気持ちが、だんだん怒りに変わってくる。

ロッドフォードで生活していたなら、忙しくて伝える機会がなかった可能性もあった。

だが、今リネットたちは隣国に客人としているのだ。仕事もなければ、リネットはほとんどの時間をアイザックと一緒にすごしていた。

話す時間はいくらでもあったのに、どうして何も言ってくれなかったのだろう。

「健（すこ）やかなる時も病める時も、どんな時も隣に立たせて下さると、そう誓いましたよね？　ただ人形みたいに立っていればいいという誓いだったんですか？」

「………………」

問いに、答えはない。

リネットはちゃんと、今日見つけてしまった彼らのことをアイザックと共有するために、急いで帰ってきたのに。

「せめて、私に教えてくれなかった理由を、お答えいただけますか？」

「その……リネットを危険なことに巻き込みたくなかったからだ。第二王子派は女性を軽視するような宗教の信徒のようだし、変な輩がお前に近付くことを避けたかった。それにあの程度なら、まだ伝えなくても俺が守り切れると……」

（だから伝える必要はない、と思われたんだ）

　ぽつぽつと語るアイザックは、しかしリネットのほうを見ない。すぐ隣にいるのに目が合わないのは、彼も思うところがあるということだ。

　アイザックの気持ちはわかる。確かにリネットは、普通の令嬢よりははるかに動けるが、別に特別強いわけではないし、戦えるわけでもない。

　心配してくれるのは嬉しいけれど、それと仲間外れにして情報を伝えないのは、話が別ではなかろうか。

「私が雪山で一人で動いた時は、『世界に対して敵になる』なんて脅されましたよね。自分の時は、私を除け者にするんですね」

「そ、それは……」

　ほんの数か月前の雪山での記憶が蘇る。ヘンシャル王国との国境の山に登った一件は、今よりもはるかに命の危険が高かった。

けれど、それを乗り越えたからこそ、リネットは今日ここにいるのだ。

(それとも、あの件で危険な目に遭ったから、除け者にされたのかしら)

リネットではなく、レナルドにさえ伝えておけば問題ないと。アイザックの中ではそういう結論になったから、何も知らずに今日が来てしまったのか。

「つまり私は、アイザック様の信用に足らなかったのですね。ああ、そうですか」

彼の隣に立つために冬の間も訓練を続けてきたけれど、全く足りないと暗に言われている。

強くなる怒りと同時に、悲しさや自己嫌悪もわいてきた。

「ち、違う！　そうじゃない、リネット」

「何が違うんですか！　私には言って下さらなかったじゃないですか!!」

意図せず目に涙の膜が張って、けれどこぼれないようにぐっと我慢する。

泣くのはダメだ。きっと泣いたら、アイザックはよりリネットを仲間外れにして動くようになるだろう。

(わかってるけど悔しい。私はまだ何もできないと思われてるんだ。守らなければいけない、ただの弱い娘でしかないって……)

ほろりと一粒だけこぼれてしまった涙を、見なかったことにして拭いとる。

話が逸れてしまったが、ダスティンがずっと怪しい動きをしていることと、リネットは彼に協力しているだろう魔術師に顔を覚えられてしまったことが、今わかっている事実だ。

（だいたい今日だって、焦って彼らを見にいったからバレてしまったのよ。怪しい動きをしているのがダスティン殿下だと私も知っていたなら、慌てて確かめに行くような軽率なことはしなかったのに……）

悔やんだところで、後の祭りだ。

とにかく、こんな直近で集まっていたということは、ダスティンは明日のお見合い夜会で何か行動を起こすつもりなのかもしれない。

さすがに貴族が大勢集まる夜会で武力行使はしないと願いたいが、例の宗教の信徒たちが一緒に動くのだとしたら、何を起こすつもりなのか想像がつかない。少なくとも、リネットが思っているよりもずっと多い人数が、『何か』をしようと話を進めている。

「……今日の密会もどきを見てしまった私は、彼らにとって邪魔なはずよね。なら、あえて私が無防備なように見せれば、大胆な行動をとったりするかも」

「は？　何を言っているんだ、リネット」

小さな声で言ったはずなのに、隣のアイザックには聞こえたらしい。慌てた様子でリネットの肩を掴む彼の手を、素っ気なく払う。

「私はソニア様に相談してきます。アイザック様はレナルド様と一緒に貴方がしようとされていることをなさって下さい。私は邪魔にならないように離れてますから、どうぞご自由に」

「リネット!?」

なるべくきれいに見えるように、笑みを作って返す。愛想笑いも、公爵夫人に叩き込まれた作法の一つだ。

本当は王太子妃として並んで参加したかったが、アイザックが情報を共有してくれないのだから仕方ない。

リネットはリネットで、夜会の成功のために役立つ動きをするべきだろう。

「そうと決まれば、ソニア様にすぐ相談しないと。まだ談話室にいらっしゃるかしら。アイザック様、レナルド様、失礼しますね。さようなら」

「待ってくれリネット、違うんだ！　俺はお前と離れたくて共有しなかったんじゃなくて」

「理由が何であれ、私は貴方がたのお話に必要なかったんでしょう？　残念ですが、私が王太子妃として未熟なことは確かですから、もういいです」

「違う、聞いてくれリネット！」

すがるようにリネットに触れてくるアイザックの手を、もう一度払う。

アイザックの傍にいられないのは残念だが、足を引っ張ってしまうぐらいなら、離れていたほうがいくらか気も楽だ。

（せめて、あの正装がよくできた偽物で、魔術師協会は関与していないと楽なのだけど）

リネットがふり払うようにソファから立ち上がると、アイザックはなおしがみついてくる。

「……頼む、捨てないでくれ」

「何故私がアイザック様を捨てることになるんです。私はいないほうがいいのでしょう。そのように動いていたのは、アイザック様じゃないですか」

「本当に悪かった。俺が悪かったから！　俺から離れようとしないでくれ、リネット」

「……あの、リネット様？　これはどういう状況でしょう」

言い合っている間に、カティアも客間へやってきたようだ。ちょうどいいので彼女にも話をして、明日の夜会は動きやすい支度を頼もう……と思ったのだが、

「カティアさん、お二人は取り込み中なので、こちらに」

「え？　あ、あの？」

リネットよりも先に動いたレナルドが、そそくさと彼女を連れて出ていってしまった。レナルドはアイザックと一緒に動いていたのに、離れてよかったのだろうか。

「私は、もうお話しすることはないです。何も知りませんから」

「俺はある」

困惑するリネットの体を、今度こそしっかり腕の中に抱き寄せたアイザックが、ぐりぐりと頭をすり寄せてくる。大好きな空気に包まれて、つい離れるのが遅れてしまった。

「アイザック様……」

「リネットから離れたいなんて思ったことは一度もない。ただ俺は、ソニア王女を思うお前の力になりたかった。お前は最近、色々考えているようだったから、無駄な情報を共有して、余

計に疲れさせるようなことをしたくなかったんだ」

確かに、相談役になることを決めてからは、リネットはソニアのためにできることを考えている時間が多かった。

ない知恵を絞ってうんうん唸っているリネットが、アイザックには余裕がないように見えていたのかもしれない。

「もし本当に危険が及ぶなら、すぐに知らせた。だが、ダスティンの一派の動きは、それほど大きな被害が出るようには見えなかったし、リネットが嫌な気分になるだけだと思って、俺たちだけで調査していたんだ。他意はない、本当だ！」

くっついていた頭が離れて、アイザックの顔が見えるようになる。

剣の王太子なんて格好よく呼べないほど、彼の表情は悲しそうに震えていた。

「どうしてアイザック様がそんな顔をするんですか……泣きたいのは私のほうですよ」

非難を込めてアイザックの上着を少しだけ掴むと、その手を覆うように彼の手が触れてくる。

皮の厚い手は、かすかに震えていた。

「たとえ、アイザック様が私を思ってして下さったことでも、仲間外れは寂しいです。いらないなら、せめて理由を伝えて下さらないと……頑張りようがないじゃないですか」

「いらないなんて思ったことはない！　もう二度としない。本当にすまなかった！」

もう片方の手でそっと頬に触れれば、愛おしそうに目を細めてくれる。こんな態度をとられたら、リネットだって意地を張るようなことはできない。

「絶対ですよ？」

「約束する。変な遠慮や気遣いをしたのがいけなかった……俺たちは夫婦なのに」

ゆっくり目を閉じたアイザックは、リネットの肩に額を乗せてくる。甘えているようにも、懺悔をしているようにも感じられた。

「これからは、必ずお前に全部話す。だからどうか、ずっとここにいてくれ」

「……はい」

そのまま、アイザックはぎゅっとリネットを抱き締めてきた。夜会に対しての不安はあるが、この腕の中にいられるとしたら、きっと大丈夫だ。

「まさか、旅行の最中に『お別れ』を考えるとは思いませんでした」

「え、縁起でもないことを言わないでくれ……」

――お見合い夜会へ向けて、最後の一日はゆっくりと更けていく。

＊　＊　＊

そして迎えた、マクファーレンでの二度目の夜会。

前回から十日の間隔を空けて開催された本日の目的は、ソニアのための大お見合い会である。

「うわ、すごい人……」

以前よりも少し早く会場に入ったリネットの視界には、立太子式よりもさらに増えた人々が飛び込んでくる。

見渡す限り、人人人。それも、ソニアが実力重視だと言った通り、貴族ではなさそうな者たちがあちこちに見受けられる。

所在なさげに周囲を窺う様は、まるで少し前のリネットを見ているようだ。

(にわか令息の皆、頑張って！)

なんとか淑女らしくふるまえるようになったリネットは、ソニアに用意された審査員用の席……会場の高い部分にある天井桟敷に来ていた。

人でごった返すホールを一望すると、本来ダンス用にとられる場所が〝特技お披露目〟の舞台に使用されていることがわかる。

ふざけた提案では、と実は少し心配していたのだが、参加者たちはそう思っていないようで、皆率先してそのお披露目の場に集まっているようだ。

もっとも、一般人でも王配になれる可能性があると言われれば、出世願望を抱く者が喜んで参加するのも当然かもしれない。

(私たちの席が高いところなのは助かったけど、大丈夫かしら)

リネットは自身のドレスの裾をちょんとつまんでみる。実は今日のドレスは、立太子式で着ていたものと同じ木槿の花の色のものだ。

まさか二回も夜会に出るとは思っていなかったので、公式の場に出られるようなドレスは、これ一着しか持ってきていなかったためだ。

カティアが気を利かせて着つけ方を少しいじってくれてあり、かつ髪型や化粧も前回とは違う印象になっているものの、同じドレスを続けて着るのは本来恥ずかしいことらしい。

マクファーレンで新しいものを仕立てても良いと、アイザックもソニアも言ってくれたのだが、どう考えても超特急依頼だ。当然、かなりの割り増し料金がかかる。

根が貧乏人のリネットとしては、どうにも気が引けてしまったのである。

（大丈夫よね。ドレス自体はすごく素敵なものだし、今日の主役はソニア様だし）

不安を誤魔化すように裾を引っ張ったり戻したりしていると、すぐ隣のアイザックがリネットの肩をぐっと引き寄せる。

エスコートというには、あまりにも近すぎる距離だ。

「アイザック様？」

「なんだ、俺の愛しい奥様」

諫めるつもりで声をかけても、アイザックはぴったりくっついたまま離れる様子がない。

リネットとしては嬉しくもあるのだが、王太子夫妻として参加している公的な場と考えると、止めるべきではと思ってしまう。

「あの、もう少し離れませんか」

「嫌だ」

「他の方の目もありますし」

「今日は挨拶回りをする必要もない。俺たちはここで、王配候補者たちを見ていればいいだけだからな。誰も気にしないだろう」

「気にされているから言っているのですが……」

当然、この高い席にいるのはリネットたちだけではない。

アイザックがそう言う矢先から、周囲の視線がちくちく刺さっているのだが、彼は全くお構いなしだ。

（まあ、レナルド様が止めないから、大丈夫なのかもしれないけど）

今日は作法の師であるレナルドも、この席までついてきて背後に立っている。

いつもなら注意をしてくれる彼が動かないということは、ここではくっついていても大丈夫なのかもしれない。

「リネットが狙われる可能性が少しでもある以上、俺は絶対にお前から離れない」

ふいに真面目な声で囁かれて、リネットはアイザックの顔を覗き込む。

彼は真剣な表情のまま、小さく頷いた。

「ネミリディ派の連中はとにかく数が多い。王配候補たちは把握しているが、そうでない者まで覚えているのはさすがに無理だ。いつ誰が、リネットが一人になるところを狙っているかわからないんだ。頼むから俺の腕の中にいてくれ」

「な、なるほど。了解しました」

リネットが首肯すると、アイザックはまたニコニコ顔を作ってリネットにすり寄ってくる。

これほど人の多い夜会で、いくら魔術師でもことを起こすとは思えないが。最愛の旦那様がこう言うのなら、大人しく任せておこう。

彼やレナルドは、リネットよりもダスティンとネミリディ派について詳しいはずだ。

(やっぱり昨日、無理をして顔を覚えられてしまったのは失敗だったわ。……ソニア様は大丈夫かしら)

ちらりと視線を動かせば、リネットたちよりも一段低いところに設けられた特別席で、ソニアが候補者たちを見ている。

てっきり同じところで見学するのかと思っていたが、先にソニアが言っていた通り、審査員といってもあくまで参考程度ということだろう。

(私たちと相談しながら、結論を出したりはしないのね)

当然といえば当然だが、少し安心もした。ソニアがロッドフォードの傀儡のように言われるのは、ただの噂だとしても避けたかった。

彼女の周囲も屈強な兵士たちが護衛しており、すぐ傍には女性の武官も控えている。安全の面でも、一応心配はなさそうだ。

「さてと、始まるな」

高らかな楽器の合図とともに、お見合い夜会の開始が宣言される。

ほどなくして、お披露目第一号の若い青年が、緊張した面持ちで舞台に上がったのだった。

「思ったよりも本格的ですね……」

余興なんて言われたのでもっとふざけたものかと思いきや、特技お披露目会はなかなか本格的な内容で進行していた。

お披露目という趣旨のせいか、楽器や舞踊（ぶよう）などが得意な者が特に多く、まるで芸術祭のような華やかな様が繰り広げられている。

中には、ソニアを題材とした楽曲を今日のために作ってきた者もおり、会場には割れるような盛大な拍手が何度も響いている。

「これは見事だな」

初めこそ興味なさげに観覧していたアイザックも、剣舞を披露した青年などには、レナルドとともに熱い感想を語っていたほどだ。魔術が重用されるマクファーレンだが、ロッドフォードでも通じる技量の剣士がいたのは、嬉しい誤算である。

「採点式の審査でなくてよかった。どの者たちも、とても良い技術を持っている。候補者を決めたのがソニア王女本人なら、人を見る目があるな」

今は舞台俳優だという見目麗しい青年が、ソニアに向かって愛を歌っている。元々ソニア自身が芝居がかった大仰な動きを好むので、二人並んだらお似合いかもしれない。

(というか、結構熱烈な方も多いのよね)

王侯貴族の見合いといったら、もっと社交辞令的なものだと思っていたのに、舞台に上がる男性の大半がソニアに向かって愛の言葉を発している。

それも、嘘っぽさのない、本当の愛の告白のようなものがほとんどだ。

「ソニア様は、ちゃんと男性にもモテるんですね」

ソニアを絶賛する者の大半が女性だったので少し心配していたのだが、どうやらちゃんと異性にもモテていたようだ。

まあ、男装すると少年にしか見えなくなるリネットと違って、ソニアは女性らしい体つきをしているので、〝男装の麗人〟特有の色っぽさがある。その辺りの魅力を考慮すれば、ソニアが異性にもモテるのは当たり前かもしれない。

手品か、あるいは魔術か。俳優を名乗った男は赤い薔薇の花束を出すと、ソニアに向かって恭しく跪いた。

正しく、恋愛劇の一幕のような様相に、周囲からも黄色い歓声が上がっている。

「わあ、情熱的ですね!」

ソニアも嬉しそうに花束を受け取ると、歓声に応えるように片手をぱっと掲げてポーズを決めてみせる。もはや完全にそういう演目だ。

「あれでは、次の者はやりにくいだろうな」

鳴り響く拍手は、終幕後の主演を讃える音にしか聞こえない。さすがは俳優を名乗るだけあり、観衆の心を掴むのも完璧だ。

とはいえ、ここは劇場ではなく夜会なので、どれだけ盛り上がろうとも下がれと言われたら下がらなければならないのが残念だ。……もっとも。

「何なのかしらあの男、ソニア様に赤い薔薇だなんて、露骨すぎませんこと？」

「どうせ他の女にも同じような言葉を向けているくせに！　わたくしだって、もっと立派な花束をソニア様に捧げたいわ！」

やはりソニアの支持者は、女性が強いらしい。情熱的だと周囲が褒め称えた俳優の男性を、穴が空きそうな鋭い目で睨みつけている。

（普通なら、ソニア様のほうが嫉妬されそうなものだけど）

嫉妬も文句もだいたいが王配候補の男性のほうに向くのだから、ソニアの人気はさすがである。きっと彼女たちこそ、リネットよりもはるかに厳しい審査員となることだろう。

……いや、彼女たちに審査をさせたら基準が厳しすぎて、ソニアが一生独身になってしまいそうだ。

「……あっ！」

長い拍手がようやく落ち着いた頃、次に舞台に上がったのは、見覚えのある聖職者のような白い衣装の男性だった。

装飾のほとんどない法衣のような服だが、魔術を重用するマクファーレンの者ならば、その価値を正しく知っているだろう。

「アイザック様、あの人です！」

「リネットが見た魔術師か？」

賑（にぎ）やかだった会場は静まり返り、皆悠然（ゆうぜん）と立つ黒髪の男に注視している。

間違いない。ダスティンと行動をともにしていた、魔術師の男だ。

「失礼、キミはどなたかな？　ボクの手元の名簿に名前が載っていないのだが」

「驚かせてしまって申し訳ございません。本日は、特別枠として当日参加の許可をいただきました」

「特別枠？」

ソニアと男の会話に、周囲の空気が張り詰めていく。

しかし、男のほうは気にした様子もなく、優雅に礼の姿勢をとった。

「エルヴェシウス王国第六王子、リュカ・アルバン・エルヴェシウスと申します」

「なっ……!?」

響いた名に、会場の人々が一気にざわめく。

魔術大国エルヴェシウスの名を、マクファーレンの国民が知らないはずがない。もちろん、リネットたちとて知っている。

（確かに、どことなく似てるとは思ったけど……）

まさか本当に、ファビアンの弟とは想定外だ。アイザックもレナルドも、驚愕の表情で彼を注視している。

「キミが、ファビアン殿下の弟君？」

「はい、そうです。本日は王配候補として特技を披露させていただけるとのことで。僕は魔術をお見せしたいのですが、よろしいでしょうか？」

「…………」

大国エルヴェシウスの王子の要求を、ソニアが断れるはずがない。

静かに首肯すると、彼……リュカは、慣れた様子で呪文を唱え始めた。

「わっ!?」

途端に、広い会場の中が濃い藍色に染まっていく。

明かりを奪われたのかと思ったが、ランプなどの火はちゃんと灯っている。どうやら会場に、海中を再現した幻影を映しているようだ。

どこからともなく小さな泡が浮き立ち、鮮やかな色の魚が悠々と泳いでいく。

「きれい……初日にアイザック様が見せて下さった幻の、応用でしょうか」

「恐らく。この規模の魔術を一瞬で展開するとは、あいつの弟というのも本当のようだな」

視界いっぱいに広がる幻想的な光景に、驚いていた人々の様子も、徐々に感嘆へと変わっていく。それはリネットも同様で、絵画でしか見たことがない海の中の美しさに、すっかり魅入ってしまった。

「海の中って、本当にこんなにきれいなところなんでしょうか」

「俺も見たことはないが、そうだったら素晴らしいな。魔術で再現できるなら、この景色を覚えて帰ろうか」

きっとアイザックなら、すぐに応用魔術も取得できるだろう。ロッドフォードでも海を見ることができたら、皆も喜びそうだ。

会場中を使った特技に、鋭い感想を口にしていた女性たちも沸きたっている。

(私を邪魔に思っているかと疑っていたけど、そういう感じもなさそうね)

リュカは依然として、堂々とソニアの前に立ったままだ。

そもそも、ファビアンの弟なら、リネットやアイザックのことを知らないはずがない。リネットたちの結婚式には、エルヴェシウスからも多くの王族が参加してくれていたし、何より彼も魔術師なら、間違いなく聞かされているはずだ。

ロッドフォードの王太子は、類稀な才を持つ魔術師だと。

（もしかして、怪しいと言われていた第二王子派も、本当は悪い人たちじゃないのかしら）

こそこそ隠れていたので『きっと悪いことを企んでいる』と疑ってしまったが、リネットは彼がどういう人物なのかも全く知らない。

ひょっとしたら、ダスティンは姉を喜ばせるために、リュカを連れてきただけだったのかもしれない。美しい光景を見ていると、そんな気持ちにすらなってくる。

（半分だけでも、血の繋がった兄弟だものね。いがみあっているよりは、そっちのほうが絶対にいいわ）

すっかり良い気分になったリネットは、自分の近くをぷかぷかと泳ぐ幻の魚をつつきながら、魔術を堪能する。

――しかし次の瞬間、幻想的な景色は突然、黒い靄のような形になって襲いかかってきた。

「な、何これっ!?」

「リネット!!」

美しい景色はあっと言う間に消え去り、可愛らしい魚たちは黒い蛇のような悍ましい靄へと変わって、会場いっぱいに広がっていく。

やはりリュカは、ソニアを害する立場の人間だったのか。

「くそっ！」

穏やかな空気が、悲鳴と罵声に塗り替えられていく。そして、それが合図だったかのように、会場のあちこちから男たちが走り出した。

「私は今、この場を借りて、第一王女ソニアが王太子には不適合であることを宣言する！」

「……は？」

その先頭から躍り出たのは、まさかの第二王子ダスティン本人だ。

ばさりと脱ぎ捨てた外套の下には、自分で用意したのだろう純白の礼服を着こんでいる。

「ダスティン、キミは何を……」

「改めて告げよう、ソニア。まず、女を王にするということが大間違いだ」

弟の突然の行動に驚くソニアにも、ダスティンは自信満々といった様子で指をさして宣言を続ける。

「今までにも何代か女王が即位したことがあったが、どの女も在位期間はとても短かったし、治世もうまくいっていたとは言い難い。何故か？　それは、女は子を産み、育てる期間があるからだ！　その期間、結局王配が指揮をとることになるならば、最初から女は即位させないほうが良いと言えよう！」

そうだそうだ、とどこからともなく声が聞こえてくる。

「ネミリディ派の連中か……」

招待客として参加していた者はもちろん、中には警備の制服姿の者までもが、ダスティンに賛同するように動き出している。人数が多すぎて、誰がどちらなのかわからなくなりそうだ。

「陛下が元第一王子の起こしたことを鑑みて、ソニアを王太子に指名したことは明白。だが、それでもやはり、女は上に立つべきではない。お前たちは男に守られて、家で大人しくしているのが相応しい生き方のはずだ」

「……………」

ダスティンの発言にひっかかるところがあったのでアイザックを見れば、彼はしょんぼりと俯きながら首を横にふっている。「すまなかった。もうしない」と何度も言っているので、アイザックは大丈夫そうだ。

周囲の反応は半々で、男性は同意する者が多く、一方女性は反発する意見が多い。

(性別なんてもので人の良し悪しを決めようなんて、何を考えているのかしら)

最近は仕事に生涯を捧げて独身でいる女性も多いし、結婚後に男性のほうが家庭に入って、子育てを始めとした家事を請け負うことだってある。古いしきたりに縛られがちな貴族にすら、そういう夫婦が出てきていると聞いている。

女は家庭に入るもの、なんていつの時代の主張をしているのだろうか。

「そして、見たまえ。私は大国エルヴェシウスの王子を味方につけている。王太子となるのは、私が相応しいはずだ！」

「…………」

しかし、エルヴェシウスの名前を出されてしまうと、皆何も言えなくなってしまうようだ。魔術を扱う国ならば、どこも敵に回したくないと考える魔術大国。その王子が味方だというのは、かなり大きいだろう。

ダスティンも、ここを拠り所にして発言しているように見える。

……一方で、リュカは肯定も否定もせず、黙ったままだ。

(ファビアン殿下の弟が、こんなことを起こす相手の仲間とは考えたくないけど)

ダスティンがポンとリュカの肩を叩いた途端に、蠢いていた蛇のような黒い靄が、客人たちに向かっていっせいに動き始めた。

残念ながら、こちらの味方というわけではなさそうだ。

「ソニア様！」

リュカの最も近くにいたソニアは、魔術が攻撃に変わってからすぐに、護衛たちに下げられている。囲まれていて見えないが、彼らの落ち着き具合から察するに無事だろう。

だが、ソニアには魔術不耐症という致命的な弱点がある。

新しい薬はよく効いているようだが、もし今会場に広がっているものが〝ゾニアに悪意のある魔術〟なら、予断を許さない状況だ。

「リネット、レナルド。ひとまずソニア王女と合流するぞ！」

「わかりました！」

リネットのことを戦力として数えたアイザックに、しっかりと頷いて返す。

（今度こそ、私もやらなくちゃ）

リネットが〝魔術師殺し〟であることは、マクファーレン国王も知っているはずだ。魔術が敵意を見せている今、リネットは対抗策として期待されているに違いない。

ヒールを鳴らし、ドレスの裾を掴んで走る王太子妃など他にはいないが、リネットは〝剣の王太子〟の妻だ。

むしろ、これぐらいはできて当然だと思ってもらわないと困る。

「きゃあああっ！」

歓声が悲鳴に変わった会場内では、依然として黒い靄が暴れ回っている。一刻も早く事態を鎮圧して、ソニアの元へ行かなければ。

「伏せろ！」

道中で襲いかかってくるそれは、アイザックの魔術によって消され、あるいはレナルドの刃が払いのけて散っていく。

見た目は禍々(まがまが)しいが、靄自体にそれほど攻撃力はなさそうだ。どちらかというと、うねうねと絡(から)みつく気持ち悪さのほうが強い。

「いた、魔術師！」

靄の攻撃に乗じて、呪文とともに手を掲げる男を見つけたリネットは、すぐに距離をつめてポンと触れる。

その一瞬で魔術を使えなくなった男は、後続のレナルドが追撃する――はずだった。

「うわあ!! な、なんで俺たちが!?」

「えっ!?」

無力化された魔術師に一瞬で靄が絡みつき、ぐるぐるっと胴に巻き付いて固定してしまった。

……まるで、捕縛用の縄のようだ。

「この靄の魔術、もしかして無差別に人を襲ってる?」

まさか、魔術師協会の幹部と思われるリュカの魔術が、敵味方の区別がつかないとは意外だ。

ファビアンは繊細な制御も得意だったはずだが、リュカは違うのだろうか。

「いや、これは……?」

アイザックの呟きに視線を向ければ、悲鳴とともに靄に襲われる男性の姿が飛び込んでくる。

そう、皆男性なのだ。ネミリディ派と思しき信徒たちが、あちこちで靄に襲われている。そのすぐ近くを逃げていく女性には、靄は見向きもしない。

「もしかして、ちゃんと〝相手を選んで〟攻撃しています?」

「そのような気がするな」

誰も彼も、皆『何故自分が襲われるのだ』と驚愕の表情を浮かべているので、間違いないだろう。攻撃されているのは、恐らくダスティンの一派の男たちだ。

（ただの仲間割れ、とは思えないわよね）

先ほどのダスティンの態度から考えれば、無きにしも非(あら)ずだが……とにかく、リュカの魔術をリネットたちが警戒する必要はなさそうだ。

「こっち側は安全です！　隠れていて下さい」

となれば、まずやるべきことは客人たちの身の安全の確保だ。

右往左往する人々を、カーテンや柱など防壁代わりになるものの後ろに隠れさせて、リネットたちは階下へと急ぐ。

「邪魔をするな……ぐはっ!?」

前を遮(さえぎ)ってくるのはやはり靄ではなく、馬鹿げた教えを目に宿した男たちだけである。

「どうも。時間が惜しいので強行突破しますよ」

ただし、そんなものがレナルドに敵(かな)うわけがない。今夜はアイザックが帯剣していないので、先陣を切るのは外見に似合わず血の気の多いレナルドなのだ。

遮ろうと前に出た男たちは、一人また一人と呆気(あっけ)なく床に沈められていく。それなりにできる者もいないわけではないが、剣の王太子の精鋭(せいえい)部隊の敵ではない。

「このっ……！」

「だから、こんなところで魔術を使うんじゃないわよ！」

魔術を撃とうとする者は、すぐさまリネットが前に出てその力を封じられて沈むだけだ。人数こそ多いが、今のところ問題らしい問題もない。

「まるで、信徒たちを自滅させるために、魔術を放ったようですね」

「そうですね……」

一瞬で会場中を襲った靄の魔術は、驚異的だった。だからこそ、ダスティンも信徒たちも『いける』と踏んで動き出したのだろう。

しかし、先ほどから彼らはどんどん黒い靄に襲われて、その数を減らしている。多さだけが戦力であった彼らにとってみれば、これは絶望的な状況だ。

「とにかく、まずはソニア王女と合流しよう」

「わかりました！　私はリュカ殿下を止めに行かなくても大丈夫でしょうか」

「今のところは様子見だ。もしあの魔術王子が危害を加えるようなら、その時は俺が仕留めるから、リネットは無理しなくていい」

「仕留める……」

物騒なその台詞(せりふ)が冗談ではないのが、アイザックのすごすぎるところだ。

とはいえ、リネットの魔術師殺しは、相手に接触しなければ効果がない。触れる距離まで近付くとなれば、当然危険はつきものだ。

ここは大人しく、アイザックに従ってソニアとの合流を目指したほうが良さそうだ。

「ソニア様！　ご無事ですか」

「リネットさん」

やっとのことで天井桟敷から降りきり、ソニアと同じ階まで辿りつく。

彼女は兵士たちに囲まれていたこともあり、傷一つついていなかった。

「ソニア様っ!!」

……が、その気のゆるんだ瞬間を狙われて、ソニアの背後から金属がぶつかる音が響く。

あろうことか、ソニアの傍に控えていた護衛の一人が、彼女付きの女性武官に襲いかかってきたのだ。

こんなところにも刺客が紛れ込んでいるとは、ネミリディ派は本当に数だけは多いらしい。

「……ッ！」

攻撃を受け止めた女性の手元から、軋む嫌な音がする。リネットたちもすぐに加勢しようと足を踏み出した――直後。

「遅い」

リネットが二歩目を踏み出す前に、刺客のほうの体がぐるんと回転して、床に沈められた。

「……は？」

王太子の護衛の腕がいいのは当然だが、それでもあまりに速すぎる。リネットの視力で動きが追えない者など、そうはいないはずだ。

その上、なんだか聞き覚えがある声が聞こえた気がする。

「キミは……」

ソニアの口からも、確信めいた声が落ちる。

女性武官と思しきその人は、ばさっと小気味よい音を立てて、頭につけていたカツラを取り外した。

たいへん見覚えのある茶色の髪が、ソニアたちの視界に広がる。

「何をやっているリネット、気付くのが遅いぞ」

「兄さんこそ何やってるの!?」

そう、そこにいたのは、留守番をしているはずの美少女にしか見えない実兄、ロッドフォード最速の男グレアムだったのだ。

「どうして、兄さんは国でお留守番のはずじゃなかったの？」

「ちょっと仕事で呼び出されてな。紛れ込んでおいて正解だったか」

ちらっと様子を窺えば、ソニアもじっとグレアムを見つめている。どうやら、ソニアが頼んだわけではなく、グレアムが……いや、アイザックが指示してこちらに来ていたのだろう。

「……後でお話ししてくれますか、アイザック様」

「無論だ」

リネットがアイザックに視線を戻せば、彼は何度も頷いて返してくれる。いつもとは逆のやりとりが少しだけ新鮮だ。

さて、グレアムがソニアの傍についていてくれるのなら、憂いはもはやない。

レナルドが先頭に立って刃を向けると、対するダスティンは王族としてはあるまじき怯えっぷりを見せながら、一歩後退した。

「何故だ……何故、邪魔をするのです、剣の王太子殿下！」

かすれた声には、父親のような威厳は微塵も感じられない。

切りそろえられた短い髪はソニアと同じ色にもかかわらず、その血筋であることが信じられないような情けない表情で、ダスティンはこちらを見つめてきた。

「王位は血筋の優れた男が継ぐのが正しいはずです！　貴方だって、そのほうが都合がいいでしょう」

「俺は女王が相手でも全く困らないな。男だろうと女だろうと、王位は相応しい者が継ぐべきものだ。少なくとも、ソニア王女はお前よりは正しい王になるだろう」

悲鳴のようなダスティンの主張を、アイザックはすっぱりと否定する。

立場よりも民の実力を重視しようとして、今日の夜会を企画したソニアと、性別なんてくだらないものにこだわって夜会を台無しにするダスティンなら、どちらが良いかなど幼子でもわかる話だ。

ネミリディ派の男たちが動けなくなっているせいか、会場内にも白けた空気が漂ってくる。

「ダスティン」

そこに、とどめとばかりに静かな声が響く。

しっかりした足取りでアイザックの隣に並んだのは、正統な純白の装いをしているソニアだ。

異母弟の口から、奥歯の軋む音がする。

「ボク個人をキミが恨む分には一向に構わないが、大事な民を危険な目に遭わせたことは、許すつもりはないよ。……今夜のことは、大人しく裁きを待つといい」

「クソッ!!」

血縁者にかけるとは思えないほど冷たい声に、ダスティンは膝から崩れ落ちる。

……ただ、ソニアの瞳は冷たいわけではなく、ひどく悲しげに揺れていた。

「あのーそろそろ魔術を止めてもいいでしょうか?」

「えっ?」

沈んだ空気の中、どこか場違いな明るい声が聞こえてくる。

皆が視線を向けた先にいるのは、ダスティンの隣に立ったままのリュカだ。

気の抜けたような物言いに、味方のはずのダスティンすらもぽかんとしている。

「リュカ殿下、魔術を止めるって、何故……?」

「何故と申されても、だいたいの拘束が終わったようですので、もういいかなと」

「拘、束?」

膝をついたままのダスティンの目が、リュカからリネットたちへと移る。当然だが、ソニアを含めた全員が平然としており、縛られた様子などはない。

では、リュカの言った拘束とは、一体誰を対象としたものなのか。……それぐらいは、今のダスティンでも予想がついたようだ。

「な、何故ですか……貴方は私どもの同志だったのでは……」

「え、違いますが」

（違うんだ）

あまりにもあっさりとした返答に、ダスティンは瞠目したまま目が戻らなくなってしまっている。妙だとは思ったが、やはりリュカは敵ではなかったらしい。

「ソニア王女殿下、大切な夜会を騒がせてしまい、申し訳ございませんでした」

動揺する人々の視線を受けながら、リュカはゆっくりとダスティンから離れていく。

続けてゆるりと腕をふれば、会場中に溢れていた黒い靄は消えて、男たちを拘束している縄状のものだけが残る。

一歩一歩、静かに前進したリュカは、躊躇うことなくソニアに礼の姿勢をとった。

「改めまして、僕は魔術師協会に所属しております、リュカ・アルバン・エルヴェシウス。マクファーレンの国王陛下より、ソニア殿下の〝護衛依頼〟を受けて参りました」

「……は？」

途端に、会場中から疑念の声が上がり始める。それに応えるように、リュカは胸元から筒に入った書簡を取り出した。

ばっと両手で掲げられた金箔（きんぱく）入りの書類には、確かにマクファーレンの国王の署名がされている。

「ま、待ってくれリュカ殿下。それじゃあ、この騒動は全て、陛下がご承知の上で行われたものだと？」

「はい。言い逃れが決してできない方法で、とのことでしたので。現行犯を押さえる形をとらせていただきました。貴女を狙っていると思しき者が、あまりにも多かったですし」

そう言って次にリュカが取り出したのは、水晶の原石に似た石だ。

リネットはそれを知らなかったが、ソニアと他のマクファーレンの者たちは、ぎょっとした顔でリュカの手のものを見つめている。

「それは、確か……」

「音声を記録しておける魔術道具の記録水晶です。最近改良が進みましたので、マクファーレンの方が知っているものとは形が違うかもしれませんが」

リネットがアイザックに確認すると、彼も『アレか』と小さく頷く。

改良と言っていたので、もしかしたらまたアイザックがかかわっているかもしれない。

「今回のものには、日時まで記録できるようになっております。もはや今更（いまさら）ですが、こちらに第二王子ダスティン殿下を含めた人々の〝今日この場で、ソニア殿下に危害を加えるよう僕に依頼した〟際の声が入っております」

淡々と話すリュカに、再びざわめきの声が大きくなっていく。

リュカ本人は『信じないなら構いませんよ』と笑っているが、大国エルヴェシウスと魔術師協会を敵に回したい者など、マクファーレンにはいないだろう。

（というか、証言がとれるような話をしていたのに、リュカ殿下と契約書類なり何なりを作っていないダスティン殿下に驚きだわ）

リュカがこの場で出したものが国王からの依頼書のみということは、そういうことだろう。

リュカが自分の味方であると勝手に信じて、形に残さず勝手に暴走したのだ。

元第一王子もそうだったが、この国の自己愛が強い王族は、リネットから見ても色々と足りないようだ。アイザックたちが呆れかえっているのも仕方ない。

その考えで王太子になりたいなどと言うのだから、つくづく恐ろしい話である。

「ダスティン殿下、詳しくお話を」

リュカの話を受けた兵たちが、長い槍を構えたままダスティンの周囲を固めていく。本来は、王族を守る務めの者たちだ。

それらに槍を向けられたということは、残念だが国王はダスティンを捨てる結論を出したということだろう。

（まあ、これだけ堂々と裏切り行為をしたんじゃ、それも仕方ないわよね）

膝をついたままのダスティンは、呆然と床を見つめているが――ふいに、にやりと口角を吊り上げた。

「ッ！　全員離れろ!!」

直後、リュカの口から鋭い声が飛ぶ。

とっさに兵たちが離れると、ダスティンの手に何かが握られているのが見えた。立方体の形をした、真っ黒な何かが。

「間違った王を選ぶ者たちなど、私が裁きを下してやるッ!!」

その瞬間、彼の手の立方体からぶわっと赤い光が溢れて、見る見るうちに会場中に広がった。

魔術に耐性のあるリネットですら、背筋が寒くなるような、何か恐ろしい力を感じる。

「な、何……これ」

薬を飲んでいるはずのソニアと、魔術に耐性の低いグレアムは、光にあてられるように顔を歪めている。間違いなく、よくないものだ。

「リュカ殿下、なんですかあれは!!」

「自爆用の魔術を仕込んだ禁制魔導具ですよ！　なるべくアレの周囲に結界を張って効果を抑えますが、できるだけ離れて下さい！」

レナルドの問いに、リュカも悲鳴のような答えを返す。

　その間にも会場はどんどん赤くなっていき、静かだった人々からも悲鳴や怒声が上がり始めた。特に、拘束されて動けないネミリディ派の男たちは、なおさら口汚く叫んでいる。

（なんとかしなきゃ……！）

　リネットは魔術師殺しであって、魔術殺しではない。

　発動させている人間は無力化できても、魔導具のような物体に込められたものには、効果がないのだ。

「ははっ！　皆、私と一緒に死ねばいい！」

　ダスティンは、悍ましいそれを掲げたまま、狂ったように笑っている。

　――と、そんな慌ただしい様相の最中、彼の元に長身の人物が近付いた。

「なっ、アイザック様!?」

　いつの間にリネットたちから離れたのか。彼は何気ない様子でダスティンに近付くと、感情のこもっていない声で告げる。

《跪け》

「がっ……!?」

　誰もが身構える中、アイザックの一言が、ダスティンの体を思い切り床に叩きつけた。

跪くというよりは、這い蹲らせたような体勢だ。

「ぐ、あ……なんで……」

リネットすらも起きたことについていけず、ぽかんとしている間に、アイザックはダスティンの手から黒い塊を抜き取る。

「アイザック殿下、それを放して下さい！」

リュカが必死に制止をかけるが、アイザックは気にした様子もなくそれをくるくると回したりして確認している。

自爆魔術……つまりは爆弾だと説明されている皆からすれば、信じられない行動だ。

「これが禁制魔術なのか、なるほど」

そして、眩く光るそれを持ち直すと――躊躇いなく握り潰した。

「え」

ぱきん、と乾いた小さな音が響いて、アイザックの掌から黒い破片がこぼれ落ちる。

それに合わせるように、視界を真っ赤に染めていた禍々しい光もゆっくりと消えていき、会場にはまた静寂が戻ってきた。

「嘘、だろ……」

誰かのかすれた呟きが響く。

大仰な儀式をしたわけでもなければ、何か魔術を使ったようにも見えない。

ただ、握り潰しただけ。たったそれだけの行動で、アイザックはエルヴェシウスの王子が大慌てだった代物を無効化してしまった。

「おい、どうした。もう自爆はしないぞ。早くそいつを連れていけ」

「は、はいっ！」

当のアイザックは何てことない様子で、固まってしまった兵士たちを急かしているほどだ。

その態度が、魔術師にとってどれほど信じられないものなのかは、計り知れない。

「……だから、絶対に敵に回したらいけないんですって、剣の王太子殿下は。僕たちよりも、よほど気をつけて接すべき相手ですよ。魔導具を素手で壊すとか、普通に意味わからん」

「なんだ、いる物だったのか？　こんなものが起動したら、リネットが怪我をするかもしれないだろう」

「危険すぎると言っているんですよ、もう！」

呆れとも安堵ともつかないため息をこぼすリュカに、アイザックは不服そうに首をかしげる。

……今のわずか数秒で、アイザックの最強エピソードが、また一つ増えてしまったらしい。

「お、おい、行くぞ！」

やがて、床で蠢いていたダスティンは、引き摺られるようにして連行されていった。

なんとも呆気ない幕引きだが、第二王子の謀反劇はこれで終了だろう。

「アイザック様、大丈夫ですか？　お怪我はありませんか？」

「ああ、脆い石を砕いただけだからな。怪我もない」

「よかった……」

リネットが駆け寄れば、彼は表情を和らげてから、無傷の掌をひらひらと見せてくれる。

今までもそうだったが、本当にこの男は、魔王と呼ぶに相応しいのかもしれない。

「とりあえず、これで終わったんでしょうか？」

「今夜のことは終わりだろうな。無関係な参加者たちには、よくない思い出になってしまったかもしれないが」

アイザックに寄り添えば、彼はどこか残念そうに苦笑を浮かべる。

本当に、ほんの少し前までは、祭りのように賑やかで楽しい夜会が開かれていたのだ。

ソニアに相応しい人を見つけるためにも、リネットも真剣に特技を見ていたのに。こんな終わり方になってしまうとは、残念極まりない。

「私の茶会の時のように、ちゃんとした会をやり直せたらいいんですけど」

「その辺りは、マクファーレン次第だな」

しんみりとしつつも、リネットたちにもソニアにも怪我がなく、悪い人が捕まったのだから、結果としては大金星でもある。

「ああ、ついでだから、ネミリディ派の連中も一か所に集めるか。数が多すぎるだろうしな」

「は？」

意味のわからない発言にリネットが顔をあげると、アイザックはそっとリネットから距離をとり、パチンと指を鳴らした。

「うわあああああっ⁉」

途端に、人間を固めて作った大きな塊が、ごろんとリネットたちの前に現れる。その数は十や二十ではきかないような集団だ。

「わーこんなにいたんですねー」

常識で考えることを放棄したレナルドが、妙に平坦な声で呟く。

誰も彼も顔が引きつっているが、さすがに弁明のしようもない。

「アイザック様、これはちょっと、やりすぎでは……」

「まとめただけで、別に怪我はさせていないぞ。リュカ殿下が拘束してくれていることだし、このまま一列に引っ張っていけば、だいぶ手間が省けるだろう」

「いえ、それはそうなんですが」

人間肉団子にして引き渡すとは、誰も思わないだろう。

きゅっと固められた信徒たちはすっかり抵抗の意思を失っており、兵に促されるまま端からぞろぞろと連行されていく。

「あなた！」

　すると、連行されていく一人の男へ駆け寄る女性が現れた。

　きっちりと盛装した女性は、しかし髪などが大きく乱れてしまっている。よほど急いでこちらに走ってきたのだろう。

「だから変な宗教はやめて下さいと言ったじゃないですか……どうして……」

「うるさい！　俺たちだって、こんなことになるとは思わなかったんだ……だいたい、元はといえば、お前がいつもソニア様ソニア様ソニア様と王女にばかりかまけるからだろうが！」

　――――うん？

　捕り物中の場にそぐわない会話に、皆顔を見合わせる。

　ところが、この男を皮切りにして、肉団子の男たちから次々と怨嗟（えんさ）のような声が聞こえてきてしまった。

　どれもこれも、『妻や恋人がソニアのことばかり語って、ちっとも自分を見てくれない』という悲しみの訴えだ。

「……あの、ソニア様」

「いやはや、これはなんと言うか……参ったな」

　リネットが恐る恐るソニアの様子を窺えば、さすがの彼女もやや言葉を濁している。

　だが、次の瞬間には、沈んだ空気をはね飛ばすように、バサッと純白の外套を翻（ひるがえ）した。

「ボクが愛されすぎてしまうばかりに、こんな悲劇が起こったなんて……やはり、ボクの美しさは罪だね！」

「いや、全っ然笑いごとじゃないですからね、男装の王太子殿下」

呆れたグレアムのつっこみは、同時に響いた女性たちの黄色い声によってかき消された。

……愛とは、時に残酷なものである。

＊　＊　＊

結局あの後夜会は中止となり、招待客たちには後日振り替えの約束をした後、リネットたち関係者は王族用の控室に集まった。

以前の夜会でも思ったが、やはり一家族が生活できそうなほど広く、快適な部屋だ。

「それで、ボクはどこから聞けばいいのかな……」

主役でありながらリネット以上に何も聞かされていなかったソニアは、困惑した面持ちでリュカと向かい合っている。

敵ではなく護衛だと宣言されていても、なんとなく緊張してしまう空気だ。

「では、僭越ながら説明をさせていただきますね」

一方で、リュカのほうは悪びれた様子もなく、はきはきと今回のことを語っていく。

――話をまとめると、まず魔術師協会に、マクファーレン国王から正式な護衛依頼が届いたのが始まりらしい。

近い内にソニアを王太子に指名したいけれど、元第一王子の一件の慌ただしさがまだ残っており、ソニアが狙われる可能性が高いと国王も感じていたようだ。

駄目元ながらの助力要請だったようだが、これに応えたのがリュカというわけだ。

「まさか、陛下がそんなことを魔術師協会に頼んでいたなんて……」

「本当はファビアン兄さんが来られたらよかったのですが……ソニア殿下は、魔術不耐症の薬の関係でも、頻繁に手紙のやりとりをされていましたし。けれど、今回は都合がつかなかったのと、王配候補として入り込むには、僕のほうが歳がちょうどよかったので」

ちなみにリュカは現在十九歳で、グレアムよりも一つ年下だった。思ったよりもリネットと歳が近くて、また驚きである。

「国王陛下が懸念してらしたのは、正しく第二王子のダスティン殿下とネミリディ派と呼ばれるある宗教の一派でした。古い考えの方が多いために、比例して問題も多い宗派だそうで。本来は一部の地方でのみ広がっていたのですが、最近急に王都で勢力をつけてきて、陛下も本格的な対処を考えていたようですね」

「そうか……我が国の問題に、巻き込んでしまって申し訳なかった」

説明を聞き終えたソニアは、疲れた表情のままテーブルに伏してしまった。

普通はもう少し兄弟のほうが繋がりが深そうなものだが、全部で九人もいて、かつ仲もあまり良くないとなると、話をするだけでも大変なのだろう。

それでも、国王が気付いていたダスティンの危険性にソニアが気付いていなかったのは、弟を信じたいという心があったからかもしれない。

「大切な夜会を邪魔してしまい、本当に申し訳ないです」

「いや、ボクと国のためにやってくれたことなのだろう？　ダスティンのことは残念だけど、キミたちが動いてくれなかったら、もっと大変なことになるところだった。さすがにボクも、立太子してすぐに死ぬのは困るしね」

謝罪するリュカに、ソニアはきちっと姿勢を整えると、こちらも頭を下げて返した。

現れた時には本当に驚いたが、リュカは最初からずっとこちらの味方として動いてくれていたのだそうだ。その事実は、リネットにとっても喜ばしい。

ちなみに、パレードの時にアイザックが牽制したリュカの魔術は、ソニアを守るために〝女性たちを遠ざけようとした〟のだそうだ。

あまりに元気がよすぎる女性たちに驚いて、うっかり魔術の加減を間違えた結果、アイザックに止められてしまったらしい。

「今回の件、国王陛下は必死で協会に頭を下げてくれたみたいですよ。魔術不耐症の貴女だからこそ、強い魔術師の味方がついているとは思わないだろうからって。残念ながら、ご兄弟の仲はあまり良くないようですが、お父上は後継に選んだ貴女のことを、ちゃんと心配なさっていたんです」

「……ありがとう」

優しく語りかけるリュカに、ようやくソニアの表情が笑みへと変わった。

半分でも血の繋がった兄弟とゴタゴタしてしまうのは、彼女にとっても決して楽しい話ではないだろう。

それでも、たとえ父親だけでも家族としての情を持っていてくれたのなら、それは必ず支えになるはずだ。

「さて、では僕は失礼いたしますね。この記録水晶を国王陛下に提出してこなければなりませんので」

「今更だが、普通は先に陛下の元へ行くものではないか？」

アイザックの問いに、集まった全員が『確かに』と目を瞬く。

当たり前のようにリネットたちと控室へやってきたリュカだったが、国王と王太子ならどう考えても優先すべきは王だ。

証拠を持っているリュカが、まずこちらに来ているのはおかしい。

「僕もそう思いますが、これも陛下のご意向なんです。まずはソニア殿下と話をしてから、自分のところに来てくれればいいと」

「…………」

どうやら、リュカもわかっていて来たらしい。

意外すぎる返答に言葉をなくすソニアに手をふると、リュカは足取り軽く去っていった。

(国王陛下は、ちゃんと子どものことを愛してくれていたのね)

家族のことを大事に想うリネットからすれば、その事実だけでもとても嬉しい。国の頂点たる国王がこういう考えなら、他の兄弟たちを改心させる希望も見えそうだ。

「本当に、ボクは守られてばかりだな。愛されるのも困ったものだ」

知らなかった愛を伝えられたソニアは、長い吐息とともに両手で顔を覆ってしまった。

口調はいつも通りだったが、その声が震えていたことは、誰も指摘しない。

男装王女という奇抜さが売りの彼女も、正体は一人の女性だ。たまには少しぐらい、らしさをなくしても許されるだろう。

「……ところで聞きたいのだけど、兄さんはいつからここにいたの？」

ソニアからあえて話題をそらせば、まだ女性武官の格好をしたままのグレアムがきょとんとした顔で首をかしげる。

それは、アイザックに対する『言ってなかったんですか？』という問いも含んでいるようなので、控室の空気がわずかに冷えた気がした。

「オレがこっちに来たのは、三日前だ。さっきから話題に上がってる第二王子派の連中の情報を集めたいってことで、急遽手伝いに加わってたんだよ」

「じゃあ、ロッドフォードはもうずっと、マテウス様が一人で部隊をみてるの？　片道でも十日はかかるわよね……」

恐らくマテウスも、グレアムがいるからこそ安心して代理役を引き受けてくれただろうに。そのグレアムがこちらに来てしまったら、かなり大変なのではなかろうか。

「いや、オレは馬車で来てないからな。言葉通り三日前からだ」

「どういうこと？」

「アイザック殿下の、転移魔術で来たんだよ」

「は!?」

意外すぎる発言に、静かだったソニアも顔を上げた。

いわく、ロッドフォード王城とマクファーレンとの国境の町、そしてマクファーレン王城の三か所に『目印』を用意してあり、そこを経由して転移してきたらしい。

「そ、そんなことが可能なんですか!?」

「試しにやってみたらできたから、グレアムを連れてきたんだ。戻りはともかく、マクファーレンにいる間は魔素の心配がいらないしな」

さらりと答えるアイザックに、リネットは頭を抱えてしまう。

それはつまり、何かあったらほとんど時間をかけることなく、隣国から自国へ転移できるということだ。

「どこまで無敵なんですか、アイザック様……」

「やっぱりキミだけは、絶対に敵に回したらいけないね」

愕然としたまま呟くリネットとソニアに、当の本人は何でもないように頷くだけだ。

そもそも、転移魔術そのものも非常に難しい術であり、魔術狂いのファビアンですら使えないと言っていた。それを何でもないように使う彼は、つくづく規格外である。

（リュカ殿下が席を外していて、よかったわ）

彼もまた、魔術師協会に所属する者だ。ファビアンや彼の部下たちのように、アイザックについて研究をしたがらないとは言えない。

「ま、今回オレが急に呼ばれたのも、ソニア王女殿下がリネットの友人だから。ひいては、お前を悲しませないために、アイザック殿下は動いて下さったんだ。あんまり色々言うなよ、リネット」

グレアムもアイザックが規格外であることはわかりきっているが、あえてそれに触れないようにして、妹を慰めてくれる。言い方から察するに、昨日の喧嘩めいた会話も聞かれていたのかもしれない。

「もちろん、わかってるわ。世界一の旦那様だもの」

「では、そのリネットさんに救われたボクは、キミにも感謝をしなければならないね」

「え？」

　いつの間にかリネットのすぐ隣にまで近付いてきたソニアが、きゅっと両手でリネットの手を握ってくる。

「ソニア様？　私は何もできていませんよ」

「いや、キミはずっとボクのことを気にかけてくれただろう。それこそ、アイザック君に申し訳なくなるぐらいに。……キミがいなかったら、ボクはとっくに心が折れて、何もできなかった。一緒にいてくれて、本当にありがとう」

　強く握られた手が、じんわりと熱を持っていく。

　大半はアイザックとリュカの功績だが、リネットも彼女の力になれたのなら、それはとても喜ばしいことだ。

「こちらこそ、ありがとうございます」

　ふふ、とお互いに笑い合いながら、リネットも空いた手を添える。

　初めての外国旅行は、結局慌ただしいものになってしまったけれど。友人の笑顔のためになったのなら、良い思い出といえるだろう。

『そんなこともあったね』といつか笑い合って話せるような、きっとそういう思い出だ。

終章　旅行で得られたものは

あれからすぐにマクファーレン第二王子のダスティンは臣籍降下が決まり、辺境の荒地への左遷が決定したそうだ。

夜会での彼のみっともない姿を多くの者が見ており、また魔術師協会および魔術大国エルヴェシウスの王子であるリュカを敵に回したくないという人々が、いっせいにダスティンとの縁を切った結果ともいえる。

なお、彼の母親である第四妃も、彼とともに辺境の地へ下がることを望んだらしい。

対して、同母である第四王子、及び留学中の第五王女は、ソニアの臣下となることを宣言したそうだ。どうも、実兄のダスティンと仲が良くなかったようだ。

マクファーレンの兄弟たちは、本当に仲が良いのか悪いのか、リネットにはわからない関係を築いている。

だが、内の何人かでもソニアの味方につくと宣言してくれたのだから、今回のことはやはり良い結果と呼んでもいいだろう。

そして、今回大量の信徒が暴走してしまったネミリディ派という宗教一派は、王都から完全に排除され、以降も厳しい監視が決定したそうだ。

元々、教義の内容から問題が多かった宗派なのだが、今回は妻や恋人たちにないがしろにされた男たちの心の拠り所になってしまったのが、全ての発端である。

リネットたちから見ても、ソニアを支持する女性の熱量はすさまじかったが、まさかそれで事件を引き起こしてしまうほどになるとは驚きだ。

とはいっても、今回ダスティンとともに動いていた彼らは、別にソニアを害そうとしたわけではなく、ソニアに国民の前に出る機会を減らしてもらって、女性たちの関心を下げて欲しかっただけなのだそうだ。

教義通りに女性は家に閉じ込めるべき、とも別に思っておらず、とにかくソニアばかりの彼女たちに自分たちのほうを向いてもらいたかったのが本当の願いらしい。

それなら、ネミリディ派はあまり関係ないのでは、とも思ってしまうが、弱った人間が宗教にすがるのは〝よくあること〟なので仕方ない。

この機会に大人しくさせようという政治的な思惑もあったのかもしれないが、真相は知るべき者たちが知っていればいいことだ。

そして、動いた信徒たちの数は、比例してソニアの人気の高さの証明でもある。

今回の一件は、マクファーレンの男装王太子が絶大な人気を誇るということを、改めて世に知らしめる事件になってしまった。

「何にしても、これからまた大変そうですね……」

「そうだな」

夜会の片付けも含めて慌ただしく走り回る城の人々を、リネットとアイザックはのんびりと眺めながら最後の散歩をしている。

滞在期間が長かったおかげで何度も見学した美しいマクファーレン王城とも、いよいよ今日でお別れだ。

むしろ、元々の予定よりもだいぶ押してしまっているので、マテウスからしたら一日でも早く帰ってきて欲しいことだろう。

「あの、アイザック様は私と一緒でよかったんですか？」

「当たり前だ。これは旅行だと言っただろう」

忙しいことを心配して聞いてみれば、アイザックは絶対に離さないとばかりにリネットの肩をぐっと抱き寄せてくる。

なお、予定外の参戦をしてくれたグレアムは、昨日の内に転移魔術で、さっさとロッドフォードへ戻っている。

もう少しゆっくりしていけばとも思ったのだが、グレアムもソニアと同じ魔術不耐症の薬を飲みながら、なんとか滞在していたらしい。

(兄さんも魔素や魔術がダメな人だものね。具合が悪くなってなければいいけど)

今回ソニアがそうした姿を見せなかったので、すっかり過信していた。アイザックとマテウスが改良を加えた薬は、よほどよく効いているのだろう。

この調子で、いつか魔術不耐症そのものが改善されることを願うばかりだ。

「リネットさん、アイザック君」

「あれ、お二人とも……！」

のんびりと歩きながら出入り口をくぐると、荷物を積み終わった馬車の前で、ソニアとリュカがレナルドとともに待っていてくれた。

忙しい時なので見送りに来てくれるとは思わず、リネットも大急ぎで駆け寄る。

「お待たせしてすみません、来て下さるとは思わなくて」

「ボクがキミに会いたかったんだよ。これからまだ引継ぎなんかが続くから、ロッドフォードにはあまり遊びに行けないしね」

リネットが近付くと、ソニアはまたぎゅっと手を握ってくる。離れ難くなるような親しみを込めた触れ合いに、胸が温かくなった。

「リュカ殿下も、お忙しい中ありがとうございます」

「いいえ。僕こそ、せっかくの夜会でご迷惑をおかけしました」

並び立つリュカにも顔を向ければ、ファビアンに似た穏やかな笑顔を返してくれる。警戒していた時のような怪しげな様子は、もうどこにもない。

(そういえば、リュカ殿下が協会の正装をしていたのは、わざとだったのよね)

彼の立場を示す衣服といえばその通りなのだが、『白』がマクファーレンにとっては特別な色であることはリネットも知っている。

その色を身にまとい続けることで、リュカはずっと『自分は国王とソニアの味方だ』ということを主張していたのだ。

衣装にばかり気を取られて、リネットは最後まで色の意味に気付けなかったが。

「僕も諸々が済み次第、一度ロッドフォードへ滞在してみたいと思っているんです。地下の燃料石の研究関係もありますし」

「リュカ殿下も魔術師だろう? 魔素のないロッドフォードに来ても大丈夫なのか?」

「問題ありませんよ。むしろ、全ての魔術師は一度、使えない環境を体験してみるべきだと思っています」

少なくともリュカは、兄のファビアンよりは、アイザックと友好的な関係を築けているらしい。彼らがしっかりと握手を交わす姿に、リネットはほっと胸を撫で下ろした。

単にファビアンが吹っ飛んだ性格をしすぎているだけでもあるが、エルヴェシウスにも比較的まともな魔術師がいるとわかったのは僥倖だろう。

……夜会でのやり口を見るに、比較的であって、決してまともとは言えないが。

「それにしても、本当に今回は沢山(たくさん)お世話になってしまったね。いつか返すと言ったばかりなのに、借りばかり増えて情けないよ」

「そんなことは……」

手を握ったまま肩をすくめたソニアを見て、ふいにアイザックが真面目(まじめ)な表情を作る。

「なら、ソニア王女。一つ頼みを聞いてくれるか」

「お、何かな？　ボクにできることならなんでも言ってくれ！」

無敵の剣(つるぎ)の王太子からの〝頼みごと〟にソニアはもちろん、リュカも驚いた様子で次の言葉を待っている。

もちろん、そんな話を全く聞いていなかったリネットも同様だ。

アイザックは真剣な表情のままリネットを一度見ると、

「海外に繋(つな)がる手伝いをして欲しい」

と、しっかりと口にした。

「海外……？」

意外な発言に、聞いていた三人はもちろん、レナルドや部下たち、馬車で待機していたカティアまで、窓から顔を覗かせてくる。

(確かに、ロッドフォードは少し閉鎖的な国だけど)

立地や国の成り立ちからも察せられる通り、ロッドフォードは基本的に、両隣のマクファーレンとヘンシャルの二国のみとしかやりとりをしていない。

もちろん、港を持たないので海外との繋がりなどほとんどない。別大陸のエルヴェシウスと接点を持てたのは、例外中の例外だ。

そのエルヴェシウスも、マクファーレンの港を経由しなければ繋がることができない。

「驚いたな……キミはこれから、外交に力を入れていくつもりなのかい?」

「まあ、そうとも言えるが、もっと知らない世界をリネットに見せてやりたいと思ったんだ」

「私ですか⁉」

まさかのところで名指しされて、リネットの肩が震え上がる。

アイザックはまたリネットに視線を戻すと、紫水晶の瞳を嬉しそうに細めた。

「海にずっと見惚れていたり、この国の四角い建物に一つ一つ興味を持ったり。お前はこの国に来て本当に楽しそうだったからな。なんだかんだ、俺も剣技以外で通用する世界を知ってみたいとも思う。もっと、沢山のものを見よう、リネット」

夢のような提案に、リネットの視界が輝きだす。

知らない世界を知っていくことは、本当に楽しかった。それをもっと試せるのなら、しかも

アイザックと一緒に見られるのなら、これほど幸せなことはない。

「……はい！」

喜びで涙がにじみそうな目元に、ぎゅっと力を入れる。

そんなリネットを見たソニアも、彼女らしい大仰な動き方で、両手を広げた。

「いいじゃないか、素晴らしい考えだよ！　ぜひボクも協力させて欲しい。……そうだ、ボクの引継ぎが落ち着いたら、ロッドフォード用の船を造ろうか！」

「いや、そこまでしてもらうつもりはないんだが」

「いいじゃないですか、楽しそうです。なんなら、エルヴェシウスも一枚噛みますよ。我が国には、魔術を使ってより速く動ける船がありますから！」

乗り気のソニアに続いて、リュカまでも楽しそうに賛同してくれる。

夢物語だと思っていたことが、あっと言う間に現実に近付いていくようだ。

ロッドフォードの紋章を掲げた、魔術搭載の船。そんなものは、これまでの王たちでは決して実現できなかっただろう。

「あのー皆様がた。楽しい予定を立てて下さってるところ申し訳ないのですが、我が国の公務がまだ山ほど残ってますので、そちらを先にお願いします」

そんな四人を現実に戻すように、レナルドが呼びかけてくる。

それはそうだ。まずは、ロッドフォードの王太子夫妻としての務めを果たすところから始めなければならないだろう。

　往復の道のりで約二十日、滞在日数で十日と少し。合わせて丸々一月以上ロッドフォードを留守にしてしまっている。

　いくらマテウスでも、さすがに処理が追いつかなくなっているかもしれない。何せアイザックは、毎日皆に求められる、多忙な王太子だったのだから。

　それこそ、自国での人気なら、ソニアにも負けないほどだ。

「楽しい目標ができて嬉しいよ！　また必ず遊びに行くから、その時にしっかり予定を立てようね、リネットさん！」

「僕も交ぜて下さいね。それではまた」

「はい、また！」

　急かされるように馬車に乗り込めば、白くて四角い城と潮の香りが思い出に変わっていく。

　楽しくて、お尻が浮いてしまいそうな気持ちだけれど、きっと十日も馬車に揺られていれば、ゆっくり落ち着いていくだろう。

「広い世界はもう少しだけ、窓枠から見て下さいリネットさん。まずは、ロッドフォードの王太子妃として、足場を固めてからです」

「少しぐらいはいいだろう、レナルド」

「よくないですよ。いきなり連れていかれてしまったら、お兄様は寂しいんです！」

「あははは」

カティアとも顔を見合わせて笑ってから、すぎゆく白い町並みを目に焼き付ける。

最後が慌ただしい旅だったが、きっと今回の出来事も、全てが糧（かて）になるだろう。

そして次に訪れる時には、もっと自信を持ってこの土地を踏めるように成長したいものだ。

（その時には、この国の王太子殿下と、魔術大国の使者と、剣の王太子夫妻が海洋への旅に向けて語れるようになるのかしら。……本当に夢みたいね）

やがて視界に飛び込んでくる、どこまでも続く青い世界に、リネットはそっと目を閉じる。

この続きはいつか、また。

あとがき

お久しぶりです、香月です。「にわか令嬢」シリーズなんと七巻目、お手に取って下さり誠にありがとうございます！　少しでもお楽しみいただけたなら幸いです。

雇われでも婚約者でもなくなってしまったので、若干タイトル詐欺ではございますが、前巻では過酷な登山だった彼らにきゃっきゃできる旅行をさせてあげられて、とてもありがたいです。おまたせ新婚旅行！（ただし公務込み）

いつもたいへんお世話になっている担当H様、今回も完成まで導いて下さり、本当にありがとうございました!!　完成してよかった……！

コメディをうたっているのに、何故か暗い方向へ走り出す作者の軌道修正のお手伝いをして下さるのは貴女様だけです。本気で編集様のお名前を表紙に載せたい。

イラストをご担当いただいたねぎしきょうこ先生。今回もまたまた新キャラを含め、素晴らしい芸術品をご提供下さり、誠にありがとうございました！

今回はカバーもピンナップも今までにない感じの二人で、めちゃくちゃ好きです。

素晴らしいイラストが修羅場の心の支えでした。ありがとうございます！

そして、コミカライズをご担当いただいているアズマミドリ先生。大好評につき、なんと文庫二巻のコミカライズも進めていただいておりますが、タイムリーにファビアンの兄弟を出すことができました！　原作シリーズが続けられたのは、アズマ先生の漫画のお力がとても大きいです。

引き続きゼロサムオンライン様にて大好評連載中ですので、ぜひコミック版も私と一緒に楽しんでいただきたいです。単行本も絶賛発売中ですよ！

その他にも、拙作の刊行を支えて下さった沢山の皆様、この本をお手に取って下さった貴方様。この場を借りて、心より御礼申し上げます!!

王太子妃として交友範囲を広げたリネットと、また最強エピソードを他国で作ってしまったアイザック。剣の王太子夫妻として、今後も名を残していくと思われますが……ぜひ貴方様のご意見ご感想をお聞かせいただければ幸いです。

また、香月はインターネット上でも小説を公開しておりますので、お砂糖が足りない気分の時などに覗いていただけると嬉しいです。

それでは、またどこかでお会いできることを願って！

IRIS ICHIJINSHA

にわか令嬢(れいじょう)は王太子殿下(おうたいしでんか)の雇(やと)われ婚約者(こんやくしゃ)7

2020年10月1日　初版発行

著　者■香月 航

発行者■野内雅宏

発行所■株式会社一迅社
〒160-0022
東京都新宿区新宿3-1-13
京王新宿追分ビル5F
電話03-5312-7432（編集）
電話03-5312-6150（販売）

発売元：株式会社講談社
（講談社・一迅社）

印刷所・製本■大日本印刷株式会社

ＤＴＰ■株式会社三協美術

装　幀■世古口敦志・前川絵莉子
（coil）

ISBN978-4-7580-9298-2

この本を読んでのご意見
ご感想などをお寄せください。

おたよりの宛て先

〒160-0022
東京都新宿区新宿3-1-13
京王新宿追分ビル5F
株式会社一迅社　ノベル編集部
香月(かづき) 航(わたる) 先生・ねぎしきょうこ 先生